新潮文庫

ボンボンと悪夢

星　新一著

目次

椅子……九
雪の夜……一六
処方……二二
凝視……二九
夜の道で……三六
夢の男……三九
利益……四七
不運……五四
症状……六三
顔のうえの軌道……六七
友を失った夜……八九
健康の販売員……九六
むだな時間……一〇四
乾燥時代……一一五
囚人……一三一
白昼の襲撃……一四五
転機……一六一
宇宙のネロ……一六五
オアシス……一七四
賢明な女性たち……一七六
宇宙の指導員……一八五
上流階級……一九三

夜の侵入者……二〇六
鋭い目の男……二一五
再認識……二二一
目撃者……二二八
報告……二三五
循環気流……二四一
専門家……二四八
年間最悪の日……二五四
模型と実物……二五八
老後の仕事……二六六
悪魔のささやき……二七四
組織……二八二
報酬……二九四
すばらしい食事……三〇四
解説　各務三郎
カット　真鍋博

ボンボンと悪夢

椅　子

彼の家をさがすのには、ずいぶん手間がかかった。運転手は何回も車をとめ、ごみごみした横町の、そば屋や酒屋で聞きまわらなければならなかった。

「どうだ、わかりそうか」

という私の問いに、戻ってきた運転手は答えた。

「はい。もう少し、先のようです。しかし、社長のご親友が、なんでこんな所に住んでいるのです」

と、なっとくできないらしい。大学を出て二十年、苦労を重ねたあげく、小さいながらも会社を経営する身分になったという話だ。そんな人物が、町はずれのこんな薄よごれた所に住んでいるのが、運転手にはふしぎに思えたらしい。もっとも、私にも彼がなぜ落ちぶれたのか、わからなかった。

「いや、わたしも、よく知らない。あいつとは大学が同級だったし、とくに親しくつきあっていた。ふたりとも、母親を早くなくしたせいだったろう。おたがいに友だちの母親をうらやましがったり、幼いころの母親の、かすかな思い出を話しあったりしたものだ」

「学校を出てから、そのかたは、どうなさったのです」

「彼は貿易会社に入り、やがて独立し、欧米各国を飛びあるいていた。業界のうわさでは、じつにやり手だという評判だった。それがなぜ、急に仕事をやめ、こんな所にひっこんでしまったのか、ふしぎだ」

「帰国したあと、お会いになったのですか」

「ああ、しばらく前に一回やってきて、金をかりていった。そして、それっきりなのだ。しかも、金をかりにきたくせに、落ちぶれたという表情ではなく、にこにこと明るい。からだのぐあいも、悪くなさそうだった。まったく、わけのわからん話じゃないか。思い出すたびに気になる。その時に聞いた住所をたよりに、きょう訪れてみる気になったのだ」

自動車は細い路地をのろのろと進み、とまった。

「ここのようです」

運転手は、こういって車のドアをあけた。よどんだような臭気が、入ってきた。

「ひどい所だな」

車を下り、彼のおいていった借用証をポケットから出す。その住所と近くの門標とを照らしあわせて、うなずく。その家は、傾きかけた安アパートだった。ぎしぎし音をたてる階段をあがり、名札を見てゆくと、その一部屋に彼の名前を見つけることができた。

「どうぞ……」

ノックにこたえて、なかから聞きおぼえのある彼の声が響いてきた。ドアをあけて入ると、そこは日のよく当らない、よごれた室内。せまい部屋のまんなかの椅子《いす》にかけている彼は、私を見て、なつかしそうに声をかけてきた。

「やあ、きみか。しばらくだな。よく、たずねてきてくれた」

「しばらくもないぜ。いったい、どうして、こんな所に住むようになったんだ。仕事に失敗でもしたのか、それとも、からだでも悪くしたのか」

と、すぐに疑問をぶつけた。

「いや、べつに……」

彼の返事をまつまでもなく、その表情には失意もやつれもなく、明るいあどけなささえみとめられた。それはこの部屋に不釣合いだったが、不釣合いなものは彼の表情のほかに、もうひとつあった。彼のかけている椅子。その古びた大きな椅子は、やわ

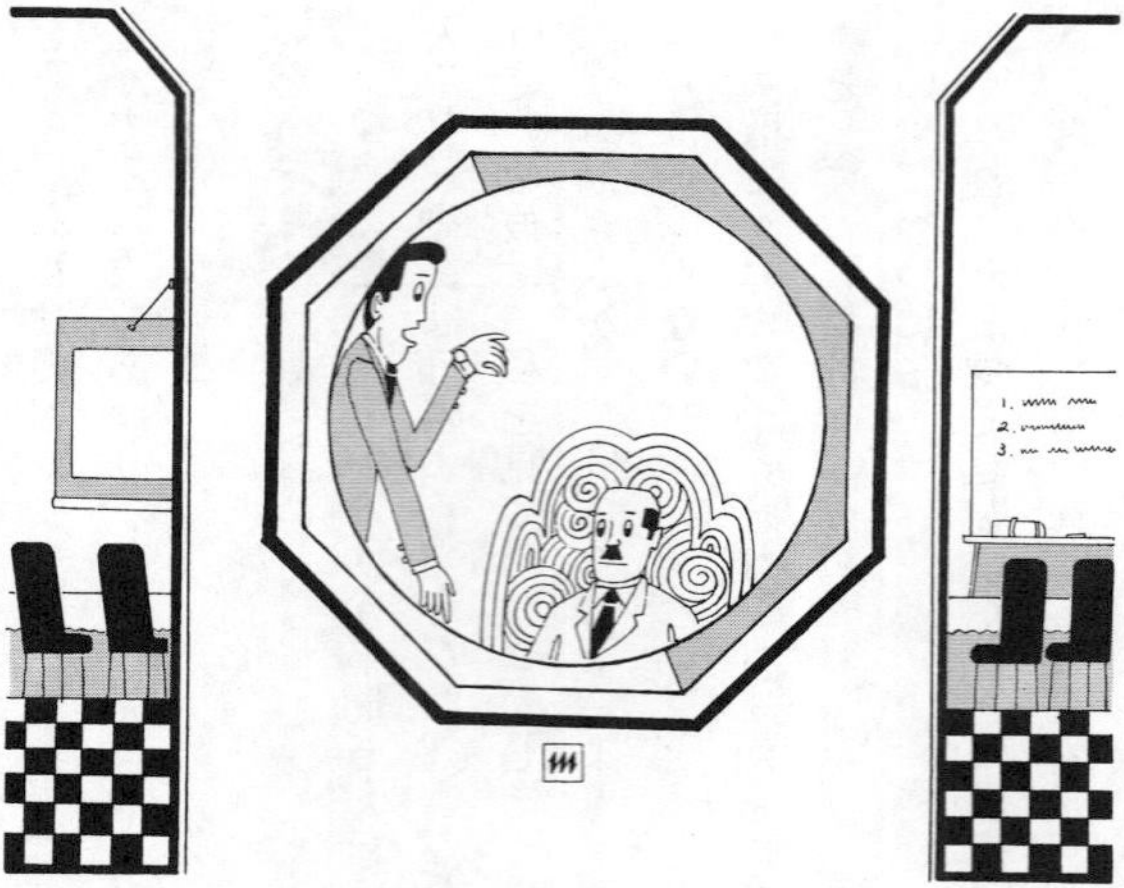

らかな曲線とふっくらした感じを持ち、あたりのみすぼらしさと奇妙な対照を示していた。

「いい椅子じゃないか」

聞かずにはいられなかった。彼はうなずき、ひじをのせる部分を目を細めてなでながら答えた。

「これはドイツに行っていた時、田舎町の古道具屋でみつけて買ったものだけど、じつに、すわり心地がいいんだ」

「ドイツというと、きみはそこを最後に、会社をやめたのだったな。なぜ、やめたんだ。まだ働き盛りなのに」

「なぜなのか、なんだか働く気が、しなくなってね」

と答えながらも、彼は椅子にかけ満足そ

うだった。

「見たところ、のんきそうだが、預金でもあるのかい」

「いや、こんな所に住んでいるんだから、察しがつくだろう」

彼には貸しがあるのだ。

「それなら、働いたらどうだ。きみぐらいの手腕があれば、どこでも迎えてくれるぜ」

「せっかくだが、その気がないんだ。このままで、満足だよ」

彼がかくも怠惰で情ない状態になったことに、私はいささか腹をたてた。

「きみが、こんなになるとは思わなかった。どうも見そこなっていたようだ。もうきみとは、つき合いをやめるぜ」

「そうかい」

彼は依然として、にこにこしながら答えた。腹が立つね。

「なんということだ。きみは人間のくずに、なり下ってしまったのだ。とにかく、絶交する前に、このあいだ貸した金をかえしてもらおう。きみとは学校時代からのつき合いだから、事情があるのなら、無理に取り立てはしない。しかし、ぼんやりと椅子にかけ、なにもせずに過ごしていたいのなら、借金を返済してからだ」

「そういわれたって、金はないよ」

「金がないのなら、その椅子をもらってゆく」

強い語調でこう言うと、彼ははじめて、あわてた態度を示した。

「ま、待ってくれ。この椅子だけは、かんべんしてくれ」

たいした額ではなかったが、私も意地になっていた。

「なにも、椅子がほしいわけじゃあない。金さえ、かえしてもらえばいいんだ。そんなに大事な椅子なら、金をかえしてもらおうじゃないか」

「金は、ないんだ。しかし、この椅子だけは、持ってかないでくれ」

承知できない。

「だめだね。この椅子を、あずかっておく。からだも悪くなさそうだし、才能だってあるんだ。心を入れかえて、出なおして働いたらいいだろう。そうすれば、こんな椅子ぐらい、いくらでも買えるようになるさ」

どうやら堕落した原因は、この椅子にあるらしい。彼を立ちなおらせるには、この椅子を取りあげるべきだ。

友情のために、少し手荒なことをした。窓から首を出して、待っている運転手を呼びあげ、手伝わせて、いやがる彼を椅子から引きずりおろし、それを運び出してしまったのだ。

それが、この椅子だ。

社長室に運ばせた問題の椅子を、ひとりでじっと眺めた。やさしい、流れるような曲線を持った、その古びた椅子。腰かけるようにと私を誘惑し、それに負けた。やわらかく、ふっくらした、どことなく温かみを含んだ感触が伝わってきた。ずっと求めつづけていた、なにかに似た感触。

それを思い出そうとつとめ、やっとわかった。そして、彼があんなになった原因は、やはりこの椅子にあったのだ。

母親のひざに抱かれている感触だった。幼いころの、遠い記憶の雲に包まれてはいるが、それはたしかに、あらゆるいやなことから守られ、すべてを忘れさせる母親のひざの上にいるのと同じだった。

目をつぶり、それを味わった。

「社長。なにか楽しそうですね。ところで、そろそろ会議の時間ですが」

秘書の声が聞こえてきた。いまとなっては、もう会議なんかどうでもいい。なにがどうなろうと、この椅子から離れることなど、できるものか。

雪の夜

夜ふけ。この古めかしい家はわりあいに広く、しかも大通りからはなれているので、なかには冬の静かさがただよっていた。

しかし、そのなかの一室の片すみ、暖炉のなかでは暖かく、赤い炎が忙しげに動きまわっている。

「なあ。そとでは、雪が降っているのではないだろうか」

椅子にかけ、火に手をかざしながら、年とった男がつぶやくように言った。その声は、赤い火に浮き出させられている顔と同じように、しわの多い響きをおびていた。

「ええ、そうかもしれませんわ。妙に静かで……」

と、やはり並んで椅子にかけている、彼の妻が答えた。彼女もしわの多い手を、火にかざしていた。

「こんなに静かな夜だと、あの子の勉強も、はかどるだろうな」

老人は、顔を心持ち上にむけた。

「そろそろ疲れたころでしょう。暖かい紅茶でもいれて、二階に運んでやりましょうか。あまり熱中して勉強をつづけるのも、よくないのでは……」

「いや、よけいな邪魔をしないほうが、いいんではないかな。わしもさっきから、学生だったころのことを思い出していた。あれこれ親が気を使うと、責任を感じすぎて、かえって勉強に身がはいらなくなる。あの子も一段落し、なにか飲みたくなったら、ここにおりてくるだろう。その時に、いたわってやったほうがいい」

「そういうものかも、知れませんね。あたしもさっきから、卒業試験で苦しんだことを考えていました。雪の夜というものは、むかしを思い出させる力を持っているのでしょうか。あの子も、ぶじに卒業試験を終えてくれるといいのですが……」

暖炉の炎は時どきぱちぱち軽い音をたて、老いた夫婦の会話の切れ目を埋めた。

「ああ。若いころというものは、なにもかも苦しいことばかりだが、われわれのように年をとると、すべてが明るく楽しい思い出に変ってくる。双眼鏡をさかさまにのぞいた時の景色のように、遠く、美しく、充実している。恋愛でさえ、苦しさのひとつだった。恋を楽しいといえるのは、年とってふりかえってみた時の言葉だろうな」

「そのお話の恋とは、どなたに対しての恋なのです」

彼女は笑いながら、からかうような口調で言った。

「もちろん、おまえのことさ。あのころは、まったく夢のように過ぎてしまったな。われわれは結婚し、そして、あの子がうまれた」

男はまた、ちょっと二階のほうを見あげた。

「ええ、子供をひとり育てるのも、決して簡単なことではありませんでしたね。あの子も小さなころは、あたしたちに、ずいぶん手を焼かせました」

火がひとしきり勢いよくはぜ、白い灰が音もなく崩れた。

その時、すべての静かさを破って、玄関のほうでベルの音がした。二人は首をかしげながら、顔を見あわせた。

「だれかが来たようだな」

「あの子の、友だちのひとりでは……」

「まさか。こんなに夜おそくたずねてくる友だちは、ないはずだ。どれ、わしが出てみよう」

老人はゆっくりと腰をのばし、スリッパの音をたどたどしく立てながら、玄関にむかった。老人は鍵《かぎ》をはずし、ドアを引いた。寒い風が、雪を含んで流れこんできた。

「どなたさまでしょう」

「だれでもいい。おとなしくして、声をたてるなよ」

こう言いながら、見知らぬ男はよごれたオーバーのポケットから、刃物のようなものを出した。

「そんな乱暴なことは……」

「さあ、おとなしく案内するんだ」

男にこづかれ、老人は仕方なく歩き、暖炉のある部屋に戻らされた。それを迎えた妻は、立ちあがりながら言った。

「どなたなの。やはり息子のお友だちでしょうか」

「おあいにくだ。おれは、金をいただきにきたのだ。金目《かねめ》のものさえもらえば、手荒なことはしない」

男の手にある刃物は、赤い炎の色を映して、無気味に光った。

「は、はい。わたしたちは年よりです。手むかいをしてもかなわないことぐらい、よくわかっております。なんでも欲しい物をお持ちになって、帰って下さい。だけど、二階にだけは行かないで下さい」

「なんで、そんなことを言う。さては、なにか大切なものでも置いてあるのだろう」

それに対し、老人は手を振った。

「とんでもない。息子が勉強しているのです」

「そうか。あまり静かなので、気がつかなかった。すると、油断はできんな」

「あの子だけには、けがをさせたくないのです」

「おとなしくしていれば、けがはさせんさ」

「しかし、あの子はいざとなると、むこうみずな所があって……」

「そうなると、ますます落ち着いて家《や》さがしもできない。まず、そいつを縛ってから、仕事にかかろう」

「お願い。それだけはしないで」

二人は声をそろえて言ったが、相手は首を振った。

「なにを言う。そんな事にいちいち遠慮していたら、仕事などできるものか」

男は足音をしのばせて、二階への階段をあがっていった。二人にはそれを止める力はなく、また、大声をあげることも、逃げることもできず、ただ気づかわしげに顔をみつめあうばかりだった。暖炉のたきぎが、大きく崩れた。

悲鳴と、それにつづいて階段をころげ落ちる音。

老人はおそるおそるのぞき、妻に言った。

「あの子が、やっつけてくれたよ。よかった。早く警察へ電話を……」

気ぜわしくサイレンの音を立て、まもなくパトカーがこの家に来て、警官たちが侵入者を連れ去った。

寒い戸外に引きたてられながら、男はぶつぶつと自嘲めいた言葉をもらした。

「とんでもない息子がいたものだ。まっ暗な部屋のなかから、だしぬけに、おれを突きとばしやがった。それにしても、感づかれたのは、なぜなのか」

このつぶやきは警官たちに聞こえなかったとみえ、警官たちは彼らなりの会話をかわしていた。

「二人はしきりに、息子がつかまえたと言っていたが、ほかに、だれもいないじゃないか。頭がおかしいのではないのか」

「いや、とくに異常というほどのものではない。ただ、十数年まえに、学生だったひとり息子が、冬山で死んだことを、まだ認めたがらないだけなのだ。あの二人に言わせると、息子は二階の部屋で、いつもおとなしく勉強をつづけているのだそうだ」

雪は、つもる速度を早めたように思えた。

処方

ある夜。眠りについた医者のエル博士は、家のドアを勢いよくノックする音で、目ざめさせられてしまった。

「なんだ。せっかく、いい気持ちで眠っていたのに……」

博士は、ぶつぶつ言いながら起きあがった。ノックとともに、男の叫び声がしていた。

「先生。夜おそく申し訳ありませんが、お願いします。急患なのです」

「診察でしたら、あしたにして下さい。また、交通事故でしたら、よその病院へ行って下さい。わたしは医者ですが外科ではありませんから、治療のしようがないのです」

博士はこう言ったが、そとの声はやまなかった。

「それはわかっています。じつは、わたしの妻が死んでしまったのです」

「そうでしたか。それは、お気の毒です。しかし、おかどちがいですよ。ここの死亡診断書では、役に立ちません。わたしは、精神分析の専門の医者ですから」

「それも、わかっています。なんとか、生きかえらせていただきたいのです」

「そんなことを言っても、死んでしまったら、手のつけようがありませんよ」

「そうおっしゃらずに、やってみて下さい。ここに本人を連れてきましたから」

不審に思いながらも、博士はドアをあけた。すると、ひとりの男が、女の人の手を引いて入ってきた。博士は首をかしげて聞いた。

「いったい、だれが死んだのですか」

「この女、つまりわたしの妻が、さっきから死んでいるのです」

博士は彼女を観察したが、どう見ても死んでいるとは思えなかった。目は開いていて、時どきまばたきをする。呼吸もしていれば、脈も正常だった。

もしかすると、男のほうがおかしいのかもしれない。彼女が死んでいないことをよく教えてやれば、なっとくして帰るだろう。博士はこう考え、彼女に声をかけた。

「どうなさいました」

しかし、その答えは予期に反したものだった。

「あたしは死んでいるのです」

博士は、やはり女のほうが患者だったのかとうなずき、つきそってきた男のほうに質問を移した。

「なるほど。自分が死んでしまったという妄想《もうそう》に、とりつかれたわけですね」

「そうなのです」

「いつから、どうして、こうなったのですか。その経過をお話しして下さい」

「妻は大変な読書好きです。本を読みはじめると夢中になり、作中人物になりきってしまう性質があるのです」

「ははあ。しかし、そんな傾向はだれにもあります。小説ばかりでなく、映画やテレビも登場人物に同一化するからこそ、面白いのですよ」

「妻は、それが極端なのです。いつかは読書を途中で邪魔して、かみつかれてしまいました」

「なんでまた、かみつかれたのです」

「そのとき読んでいた本が、犬を主人公にした物語だったのです。吸血鬼が主人公の小説でなくて、助かりました。それだったら、わたしが大変なことになっていたでしょう」

博士は事情を知って、大きく腕を組んだ。

「うむ。これは、少し度が強いようです。しかし、死んだと思い込むようになったのは、どういうわけですか」

「妻がさっき読んでいた本は、主人公が途中で死んでしまう物語でした」

「なるほど、それで死んだまま、というわけですね。しかし、そんなストーリーは、よくあることでしょう。いままでに、こんな事態にならなかったのは、おかしいではありませんか」

「そのご不審は、ごもっともです。読書しているあいだは、その作中人物になりきっていますが、本を読み終り、裏表紙を閉じると、そのとたんに、ふたたびわれにかえります。そんなわけで、いままでは問題を起さなかったのです」

「それがどうして、今回に限って、もとに戻らないのですか」

「このあいだ家に遊びに来た子供のいたずらで、裏表紙を含めて、本の後半がなくなっていたのです。おかげで、われにかえることができず、このように死んだままです。なんとか生きかえらせて下さい」

男は説明を終え、頭をさげた。

「わかりました。これは、そう大さわぎするほどの症状ではありません。ご安心下さい。簡単になおります。ところで、その本の書名は……」

男の言った書名を聞き、博士はこう言いながら立ちあがった。

「ちょうどよかった。その本なら、まだ読んではいませんが、わたしも買って持っています。それを、さしあげましょう。持って帰って、さっき中断した所から患者に読みつづけさせれば、読み終るとともに全快するでしょう」

そして、書棚《しょだな》からその本をさがし出し男に渡した。

「それで、いいわけですね。わたしはあわててしまい、一時はどうなるかと心配で、こんな簡単なことに気がつきませんでした。さすがは先生です。どうも、お手数をかけました。さあ、帰ろう」

と、男は彼女をうながし、ドアから出ていった。

「お大事に」

博士は声をかけながらドアに鍵をかけ、ベッドに戻った。

「まったく、世の中には熱心な読書家もいるものだな。妙な患者だった。さて、ゆっくり眠るとしよう」

博士は、まもなく寝息をたてはじめた。

しかし、しばらくすると、電話のベルが鳴り、またそれをさまたげた。

「やれやれ、今夜はどうもついていない晩だ。やっと眠ったと思ったら、また起されてしまった……」

しぶしぶ身を起し、受話器を耳に当ててみると、その声はさっき帰っていった男のものだった。

「先生。往診をお願いします」

「どうしたんです。いまごろはあの本で、なおっていると思っていました」

「それが、だめなんです。妻が本に閉じこめられ、出られなくなってしまいました」

「なんですって。あなたまで、おかしくなったようですね。あの方法で、なおるはずですよ」

「いえ、わたしは、たしかです。治療費はいくらでもお払いしますから、すぐ来て下さい。このままだと、本から出られず、本当に死んでしまいます」

「どうも変な話ですな。いいでしょう、これから参ります。治療法に誤りがあれば、わたしの責任ですから」

博士は服を着かえ、仕方なく往診に出むいた。

行ってみると、彼女は机にむかって熱心に本を読みつづけていた。その本は、終り近くまで読み進められていた。

「もうすぐ読み終るでしょう」

「ところが、読み終ってくれないのです。これで、三回も読みかえしているところです。わけがわかりません」

博士はそっとのぞきこんでいたが、やがて、その原因を見つけ出すことができた。本の終りのところに乱丁があり、そこに、はじめのほうのページがまぎれこんでいたのだ。彼女はそこまで読んでくると、また、本のはじめに戻り、いつまでたっても裏表紙を閉じようとしないのだった。

「ああ。この道を通らないようにすれば、よかったな……」

タクシーに行先きをつげてから、しばらくたって正男はつぶやいた。運転手はそれを聞きとがめ、速力を落した。

「え。なにか、おっしゃいましたか」

「いや、いいんだ。時間がない。急いでくれ」

と、正男は時計をのぞき込みながら言った。タクシーは風が絶え、暑さと夕やみでみちた街路を、スピードをあげて走った。なまぬるい光をつけはじめた街灯が、うしろに流れ去ってゆく。

このまま進めば、あのことがあって以来、ずっと近よるのを避けていた踏切りを通らなければならなくなる。しかし、今晩は正男にとって、ユリエとのはじめてのデイトだった。時間におくれては、ぐあいが悪い。もう、まわり道をしているひまは、ないのだ。

踏切りが近づいた。遮断機《しゃだんき》がおり、その手前では何台かの自動車、自転車、それに帰りを急ぐ多くの人びとが、長い車両の通りすぎるのを待っていた。彼のタクシーは、そのあとについた。

なにも気にすることはないんだ。と彼は自分に言いきかせた。たとえ春子がこの踏切りで飛込み自殺をとげたからといっても、その責任が全部おれにあるとは言えないじゃないか。たしかに春子は、おとなしく優しい女だった。一方、おれがすぐに飽きて別れようとしたというのは、ひどいことだったかもしれない。

しかし、死ぬということは本人の意志で、そこまで責任をおわされては、たまったものじゃない。長い車両がゆるい震動を伝えながら通過して行くにつれ、変に高まってくる気持ちを押えつけるため、彼は頭のなかで主張した。

車両は通りすぎ、遮断機があがる。

いまは昔のことなど、思い出してはいけない。これから会う、朗らかなユリエのことを考えて、この踏切りを渡り切ればいいのだ。おれが勝手に自分に課したタブーなど、このさい打ち破っておくに限る。なにも起りはしない。つまらないタブーを破るのは、早いほうがいい。それには、いまがいい機会だ。

タクシーは、ふたたび進みはじめた。

「あっ……」

と、正男は、低い叫びをもらし、運転手は彼に聞いた。

「どうかなさいましたか」

「いや。線路を越えた時に、揺れたからさ。なんでもないんだ」

そうだ、なんでもないことなのだ。正男は自分に言いきかせた。それにしても、いま背中を走り抜けたあの冷たさは、いったい、なんだったのだろうか。もちろん、気のせいにきまっている。あまり変に気をつかったからさ。彼はうなずく。しかし、さっきまで期待していた、タブーを無視したあとのすがすがしさは、いっこうにわいてはこない。

ふと、彼は、だれかの視線を感じたように思って、うしろの窓から外を見た。さらに濃くなった闇のなかでは、多くの自動車が行き交うばかりで、べつに注意をひくようなものは見当らなかった。

「だいぶ待った……」

と正男が聞くと、ユリエは答えた。

「あたしも、いま来たところなの。だけど、どうしたのよ。顔色が悪いわ」

「さあ、さっきちょっと寒気がしたんだが、かぜでも引いたのかな」

「ぐあいは、どう……」

「たいしたことは、ないようだ」

しかし、この日のユリエとのデイトは、あまり快いものではなかった。

「あなた、きょうは、どうかしているんじゃないの。さっきから、しょっちゅう後をふりむいているけど」

と、ユリエはふしぎそうに言った。

「そうかな」

「そうかな、じゃないわよ。映画館のなかでも、道を歩いている時でも、ひっきりなしにふりかえっていたじゃないの。さっきの映画じゃないけど、殺し屋かなんかに追いかけられているみたいよ」

ユリエは明るく笑った。

「どうも、だれかに見つめられているような気がして、ならないのさ」

「あら、いやだ。映画館じゃ一番奥の席で、うしろにはだれもいなかったわよ」

「そうだったかな」

「きっと頭が疲れているのね。こんど海へつれてってよ。強い日光と、きれいな空気のなかで一日を過ごしたら、さっぱりして、ストレスなんか消えちゃうわよ」

「よし、こんどの週末に行こう」

そのわけのわからない視線は、ユリエと別れてからも、依然として正男につきまとっていた。それは、マンションに戻り、ドアに鍵をかけ、シャワーをあび、ふだん着になってからも同じだった。いったい、どういうわけなのだろう。

立ち上って、壁にかかっている人物画をはずし、紙で包んでみた。だが、彼が背中に感じる視線は残っていた。

そのへんにちらばっている、人物の写真が表紙となっている週刊誌を、すべて重ねて押入れに入れた。しかし、感じは消えない。

新聞から広告のパンフレットに至るまで、人物の顔、つまり目の写っているものは、すべて片づけてみた。それでも同じことだった。

やはり。と彼は、ずっと触れまいと努めてきた仮定を、ついにとりあげた。これは、春子の視線にちがいない。たしかに、すでに死んではいる。そう否定しようとすればするほど、その視線は春子のものとなる。泣きボクロというのか、目の下にホクロのついた、伏目がちに見上げる、内気ななかにうらみを含んだ、春子の目つきから出る視線にちがいなかった。正男が最後に「別れよう」と告げた時の。

寝床に入り、むし暑さをがまんして毛布をかぶる。それでも視線は、どこからともなく彼に迫っていた。うつむけになれば天井から来たし、右を下にしても、左を下にしても、背中に感じられた。そして、あおむけになってみても、寝床の下から迫ってきた。

かなり頭が疲れている。まあ、こんどの週末には思い切り気ばらしをしよう。彼は、絶えることのない、ふりきることもできない、しつこい視線を感じながら決めた。

それから二日間。彼は、ユーモラスな本を読んだり、酒を飲んだりし、追いつづけている視線と戦いながらすごし、週末を迎えた。

「どう、この海のひろがり。明るさと潮風のなかで一日をすごせば、気になることはみんな消えてしまうわよ。さあ、早く泳がない」

熱い砂浜と青々とした海。空からは強い夏の日光。そのあいだには意味もない不安など、存在できないように思えた。

「よし、では水着に着かえてこよう」

正男はユリエの言葉の通り、この海辺でくたくたに疲れることに最後の期待をかけた。

「あら、どうしたの。はじめて気がついたわ」

海水着に着かえた正男を見て、ユリエは目をみはった。

「なんのことだい」

「あなたにアザがあったのね」

「アザなんかないよ。どこだい」

「ほら、ここよ……」

と、ユリエは彼の背中をつついた。

「……だけど、へんな形ねえ。人間の目そっくりよ。それにこのホクロは、泣きボクロみたいだわ」

夜の道で

夏の夜ふけ。

むし暑さと闇《やみ》だけがただよう郊外の道を、私はゆっくりと歩いていた。会社の仕事が意外にてまどり、やっと私鉄の終電に乗ることができたのだ。その終点ちかい駅でおり、畑の多い道をしばらく歩くと、自宅がある。

虫の声があちこちで高まり、時どきとだえる。空気は少しも動かず、汗はじわじわとわきつづけている。あたりにたちこめる、草いきれ。

ああ、ちょうど一年になるかな、あいつが死んでから……。

その友人は、学校時代からの親しい仲だった。そして、仕事の関係でか、それとも、生まれつきのものなのか、体調を悪くした。

私は、病院に見舞いにいった。しかし、面会する前、担当の医者に病状を聞いてみることにした。

「先生。どうなんでしょうか、彼の病気は……」

「思わしくありませんな。いまの医学では、なおしようがないのです。輸血をつづけて、その力で生き延《の》びているようなものです」

「あと、どれくらい持ちこたえるでしょう」

「冷房はあっても、暑い季節は、いろいろ問題があります。まあ朗らかな話でもして、元気づけてやるのが、一番でしょうね」

私はうなずき、彼の病室に入って明るく声をかけた。

「やあ、もう退院の用意でもしているのかと思っていたぜ」

彼は、弱々しい声で答えた。

「だめだね。もう、そう長くないことは、自分でもわかっているよ」

たしかに、弱っていた。しかし、それに気づかぬふりをして、彼の手をにぎり、言った。

「じつはね、このごろ手相にこっているんだ。きみのを見てやろう。ほら、これを見ろよ、ここ一年以内には、絶対になにも起らないことが、あらわれているよ」

「ほんとかい」

と、彼は自分の手のひらを眺めながら、少し笑った。

「そうだとも。あまり気の弱いことを言うなよ」

と、私ははげました。

そのききめはなく、しだいに弱まり、それからまもなく、息をひきとってしまったのだ。

……あれから、もう一年になるな。彼の顔を思い出しながら歩いていた。虫の声が高まり、また、とだえた。

ふいに、うしろから声がした。

「やい、うそつき」

それは、あきらかに彼の声だった。思わずふりむいてみた。その声のしたあたりにあるものは、ただむし暑く、よどんだ濃い闇ばかり。

夢の男

朝の光が厚いカーテンのすきまから、部屋のなかにさしこみ、壁にかけられている古風な絵、あたりにある豪華な家具などの上に、明るさを美しく配置しはじめた。ここは有名な実業家、エヌ氏の寝室なのだ。

部屋の片すみ、良質の木材で作られた大型のベッドのなかで、エヌ氏は、

「うう……」

と、うなりながら目を開き、顔をしかめ、手で汗をぬぐった。そして、身を起し、首を振り、ふとった手を動かして肩のあたりを勢いよくたたいた。

エヌ氏は、七十歳をいくつかすぎていたが、産業界で精力的に活動している人物なのだった。彼は若いころは貧しかったが、すべての人生の目標を社会での成功に賭けて、あらゆる努力をつづけてきた。

その過程では、やり方がひどすぎるなどと言われたが、いまでは、ほぼその目的を達した。いくつかの会社を支配し、家では身のまわりの世話係を、何人もやとった。

彼は手をのばし、ベッドのそばのベルを押した。それに応じて、世話係のひとりが入ってきて、ていねいに朝のあいさつをした。

「おはようございます。なにか、ご用ですか」

「ああ。濃いコーヒーを持ってこい。早くだ」

と、エヌ氏は吐きだすようにいった。

「はい」

引きさがったかと思うと、すぐに大きなカップにみたしたコーヒーを、銀の盆の上にささげて戻ってきた。このごろ、これが毎朝のことなので、だれも心得たものなのだ。

ベッドのなかでそれを飲みほしたエヌ氏は、つぎにシャワー室に入り、勢いよく水の音をたてた。そして服を着かえ、邸内の広い庭をゆっくりと散歩しはじめた。

このように毎朝の日課が進むにつれ、彼の夜の悩みはしだいに薄れる。朝食を終え、口がすすがれるころには、苦痛の表情はほとんど消えているように見えた。

「おい。自動車の用意はいいか」

と、彼は言う。

「はい」

「きょうは会社への途中で、医者に寄ることにする」

「わかりました」

運転手はエヌ氏を、かかりつけの病院に運んだ。医者はエヌ氏を迎えて声をかけた。

「いかがです。少しはぐあいがよくなりましたか」

「いかん。少しも前と変らないぞ」

と、エヌ氏は苦い顔をした。

「弱りましたな。あの安定剤は、ききませんでしたか」

「おい、わしは眠れないのではないぞ。むしろ、眠りたくないのだ。ほかの薬をくれ」

「いや、やはり眠りの問題です。眠らなければ、からだのほうがまいってしまいます。しかし、よくお考えになってみて下さい。そう大さわぎすることでは、ないと思いますがね。気にしないことですよ」

「人のことだと思って、そう簡単に片づけないで、わしの身にもなってみてくれ。毎晩毎晩、夢のなかに同じ男が現れ、荒涼とした野原をひきまわすのだぞ」

「しかし、ただの夢ではありませんか。目がさめれば消えてしまう」

「といっても、夜になると、またその無表情な男が、わしを荒れはてた野原にさそいにくる。いやでたまらぬ。なんとかならんのか」

「くりかえしますが、精神分析の結果によると、その男は昼のあいだあなたの支配下にある、すべてのものの象徴のようですよ。ですから、あなたがなさっている支配的なお仕事をおやめにならぬ限り、その男は消えないでしょう。仕事から引退するか、それとも、夢を気にしないか、どっちかです。まあ、気にしないことですね。考えようによっては、いい夢ですよ。わたしも、そんな男が夢に現れるぐらい、人や組織を支配してみたい。うらやましいくらいです」

「なにをいう。わしが引退など、とんでもない話だ。わしは、さらに多くを支配したい。同時に、夢のあの男には、会いたくないのだ。どうだ、金ですむのなら惜しまない。ぜひ、なんとかして欲しい」

「弱りましたな。可能な限りのことは、試みました。しかし、これ以上となると、わたしの手に負えません。お金をお出しになるといっても、どうも夢のなかの世界までは、金銭の力も及ばないようです」

「よし、もうきみにはたのまぬ。世のなかには、金で解決できぬことはないはずだ」

エヌ氏は、憤然とした表情で病院を出た。

会社についたエヌ氏は、昼ごろ、秘書から来客のしらせをうけた。

「社長、薬のセールスマンと称する男がやってきました。もちろん、すぐ追いかえすつもりですが、いちおう、お耳に入れておこうと思いまして……」

「うむ、なんといっておるのだ」

「ほうぼうの社長クラスにご愛用いただいている、新しい睡眠剤とか。しかし、紹介状もないようですから、断わるのがよろしいかと考えますが」

「待て、会ってみたい。連れてこい」

「はい」

秘書はさがり、まもなくひとりの男を案内して戻ってきた。

エヌ氏は「あっ」と声をあげるところだった。その無表情な顔、どことい って特徴のない服。それは毎晩エヌ氏の夢に現れ、さびしい野原を案内する、例の男にそっくりだったのだ。だが、エヌ氏はそれを口にしては常識を疑われると思い、さりげなく聞いた。

「どんな用なのだ」

「薬をお持ちしました。ぐっすり眠れないでお悩みの方がたに、ずいぶん感謝されております。そもそも、この新薬は……」

男が効能をのべたてるのを、エヌ氏はじっとみつめていたが、やがてさえぎった。

「よし。おまえの持ってきた薬なら、効くかもしれぬ。買うことにしよう」

「ありがとうございます。今晩から、きっと安らかにお眠りになれましょう。でも、なぜ、わたしの持っている薬ならとおっしゃるので」

男はけげんそうな様子だったが、エヌ氏は首をふった。

「いや、べつに理由はない」

そばに立っていた秘書が耳のそばで、

「社長、およしなさいませ。素性のしれない人物です。どうせ、いいかげんな薬にきまっています」

とささやいたが、エヌ氏はそれにかまわず、大量に買った。

夜。眠りに落ちたエヌ氏に、やはりいつもの夢が訪れた。

例の男が、あいかわらず現れたのだ。だが、いつもの無表情ではなく、これまでにないなごやかな笑顔を示し、エヌ氏を夢の散歩に案内した。

しかも、今晩は荒涼たる野原ではなかった。小川が流れ、美しい花が咲き、そのかおりはそよ風でひろがり、低い所をチョウが、少し高い所を小鳥が飛びかい、その上は白い雲、青い空がひろがっている。

「いかがです。ご満足ですか」

と、夢の男がエヌ氏に聞いた。

「うむ。いい気分だ。おまえの薬は、じつにいいぞ。わしの望んでいたのは、こんな夢だったのだ」

「お喜びいただけて、うれしく思います。では、きょうはこれくらいで」

「いや、こんな夢なら、いつまでも見ていたい。そうはいかんのか」

「もし、お望みならば」

「もちろん望むとも。それにしても、このすばらしい所はどこなのだ」

「もうおわかりかと思っておりましたが、ここはですね……」

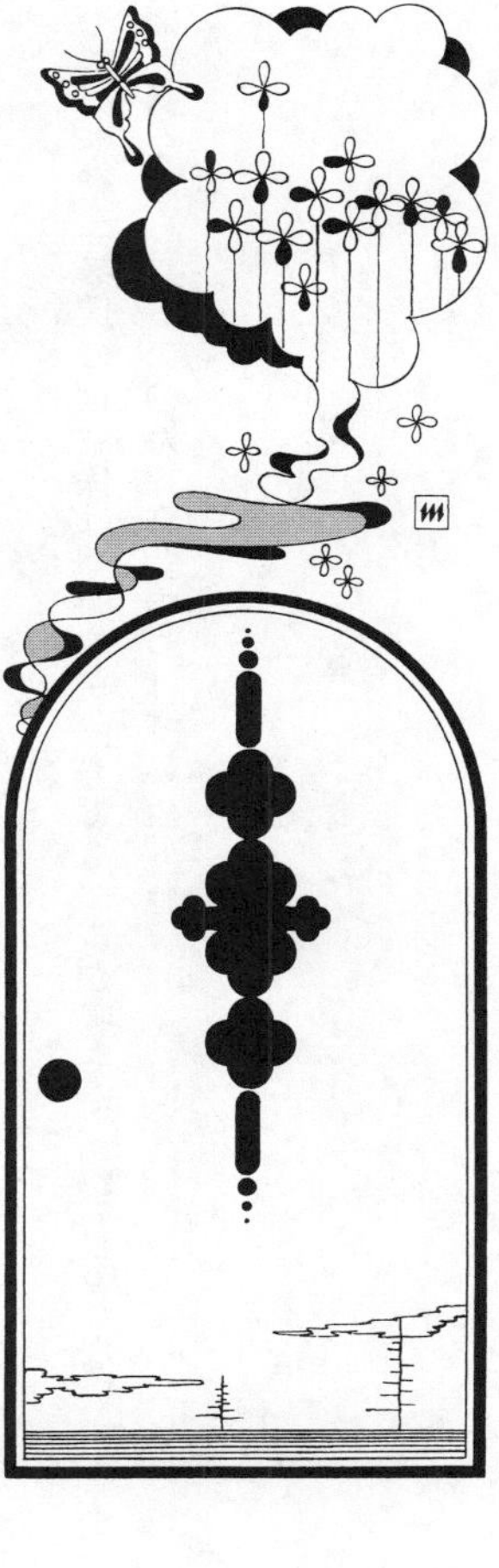

つぎの朝。エヌ氏の世話係は、いくら待ってもベルが鳴らず、物音もしないのを不審に思いながら、ドアの外で立ちつづけていた。

利　益

　エヌ氏はなにか、金をかせぐ仕事をしなければならない状態にあった。生活するための金銭が、手もとになくなったからだ。

　といっても、資産がまったくないわけではない。彼は郊外ちかくにある、庭つきの小さな自分の家に、ひとりで住んでいる。それが所有物のすべてだった。

　数日まえまでのエヌ氏は、資産のある夫人のきげんを取ってさえいれば、なんの心配もなく、順調に年月をすごすことができた。だが、ちょっとした手ちがいから、その生活の手段である、夫人のきげんを取りそこね、こう言い渡されてしまったのだ。

「もう、あなたのような人には飽きたわ。あたしには資産があるんだから、かわりの亭主はいくらでも見つかるのよ。あなたはきょう限り、くびよ。この土地と家は退職金がわりにあげるから、あとはいざこざなしにしましょう」

　そして、彼女は出ていった。こうなると、なにか収入の道を考えなければならない。

　エヌ氏はぼんやりと庭を眺めながら、案をねった。しかし、いままで女に養われてすごしてきた彼には、とりたてていうほどの、身についた能力がなかった。また、体当りで新生活を切り開こうという、気力もなかった。なにか才能なしでできる、楽な、のんきな仕事はないだろうか。その時、ひとつのインスピレーションが、頭にひらめいた。

「そうだ。この庭に釣り堀をつくり、人を集めれば、なんとか食ってゆけるだろう。世の中がいらいらしているので、ひとはのんびりしたものを求めている。これなら、こっちものんびりと金がもうかる」

エヌ氏はこの思いつきに喜び、その決意をかためるべく、シャベルを持って、地面を掘りかえしにかかった。なにしろ、資金がないのだから、すべて自分でやらなければならない。

しばらく夢中になって掘りつづけているうちに、シャベルの先がカチリと音をたてた。なにか、固い物に当った手ごたえだった。

「しめた。小判でもつまった壺《つぼ》だろうか。そうだと、ありがたいが」

勤労意欲の持ちあわせの少ないエヌ氏は、相好をくずしながら掘りつづけた。しかし、それは期待に反して石だった。もっとも、まわりの土を削り落してみると、ものの形をとってきた。

その時。近所に住む老人が杖《つえ》をつきながら通りがかり、垣根ごしに声をかけてきた。

「おや。珍しい物を掘り出しましたな。小さいけれど、石の地蔵さまではありませんか」

「ええ、どうやらそうらしい。つまらん話ですよ」

「いや、そんなもったいないことを口にしては、いけません。わしに、ちょいと拝ませて下さらんか」

「それは、かまいませんが」

老人は、門からまわりこんで入ってきた。そして、その前で頭をさげていたが、そのうち杖を投げ捨て、大声をあげた。

「や、これはすばらしい」

エヌ氏は驚いて聞いてみた。

「どうなさいました。叫んだりして」

「わしは持病の神経痛に苦しんでいる。神仏の前にでると、それがなおるように、つい祈ってしまう習慣がある」

「そうでしたか。しかし、それがどうかしたのですか」

「痛みが、すっかりなくなったのだ。すごい、ご利益《りやく》だ。これは本物です。こんなご利益のある地蔵さまを、このままにしておいてはいけません。どうじゃ、わしはお礼の意味で、金を寄進しましょう。それでお堂をつくり、ちゃんとおおさめしたら」

「そうですね。悪くはないかもしれません」

まもなく、庭の片すみに堂がたてられ、掘り出された石の地蔵は、そのなかにまつられることになった。そして、その前にはいうまでもなく、賽銭箱《さいせんばこ》がすえられた。エヌ氏にとって、賽銭箱だろうが、釣り堀だろうが、のんきな金もうけという点では、あまり変りがないように思えた。

うわさのひろまるのは早く、日ならずして参詣人が来はじめた。だれもかれも、弱々しい表情で来て、にこやかな表情で帰ってゆく。病気やからだの欠陥が、なおったためだ。

エヌ氏は自分も試みてみようと思ったが、残念なことに、からだだけは健康で、祈りようがない。しかし、そう残念がるほどのこともなかった。つぎつぎと訪れる善男善女が、箱に賽銭を投げこんで帰ってゆくのだから。

まさに、商品を仕入れる必要のない自動販売機だ。

「こんないい商売はない。もう、だいぶたまったころだろう。そろそろ出さないと、あふれてしまう」

彼は賽銭箱をあけてみた。だが、なんということ。そこには、ぜんぜん金が入っていなかったのだ。

「やられた。どうも、ひどい世の中だ。賽銭を盗むやつが、あらわれるとは。しかし、そうあわてることもない」

エヌ氏は落ちついて、こうつぶやいた。さきの長い、有利な事業なのだ。これくらいは、すぐにとり戻せる。

彼は対策をねり、金庫屋にたのんで、鍵のかかるスチール製の賽銭箱を作らせ、それを今までのと取りかえた。これなら大丈夫だろう。

その効果は。

あけてみると、またも金がなくなっていた。あれほどの人が金を投げこんでいるのに、おかしな話だ。そこで、その原因をたしかめるために、徹夜で見張ってみることにした。

夜がふけたころ、賽銭箱のそばでひとりで頑張っているエヌ氏の頭に、ひとつの言葉がとびこんできた。

「そこで、なにをしている」

エヌ氏は、あたりを見まわしながら答えた。

「賽銭泥棒を、見はっているのだ。だが、それより、おまえはだれだ」

また、声が頭のなかに響いてきた。

「わしは、おまえのそばにいる地蔵だ。しかし、泥棒とは、けしからん。わしがもらった金だ。どうしようと勝手だろう。それに文句があるのか」

これで、つじつまが合いかけてきた。そばには地蔵しかなく、地蔵ならあんな人間ばなれした盗み方をやりかねない。エヌ氏は言いかえした。

「さては、おまえだったのだな。文句はあるとも。それは、こっちの所得になるべき金だ。どこでも、そうしている。社会通念だ」

「とんでもない。多くの人たちは、だれのために金をおいてゆくと思う。おまえのためにか。それとも、病気をなおしてやった、わしのためにか。よく考えてみろ」

「だが、よそでは……」

「よその神仏は、ご利益を与えないから、仕方ないかもしれん。しかし、わしはちゃんと、ご利益を与えている。わしには、報酬を取る権利があるだろう」

どうも議論では、地蔵のほうにいくらか理屈があるようで、エヌ氏は、たじたじとなった。といって、ここで引きさがるわけにもいかない。

「まあ、そうかもしれない。しかし、地蔵に金は必要ないだろう。なんに使うのだ」

「そんなことは、おまえの知ったことか。捨てようと、どうしようと、よけいなおせわだ。おまえは友だちに、そんなにもうけてなにに使うんです、などと聞くか。聞かないだろう。それは失礼な行為というものだ」

もし、エヌ氏がもっと世なれた男なら、ここでいんぎんに答え「まあ、そうおっしゃらずに、いくらかおすそわけを」と、頭を下げてたのんだろう。だが、彼はそのような商業的な体験が身についていなかったので、口をつぐんで引きさがるほかになかった。

エヌ氏は面白くない顔つきで、二、三日は家のなかにとじこもり、ぞろぞろ参詣する人波を見つめていた。しかし、いつまでも、こうしているわけにはいかない。

ついにある夜、彼は意を決して、堂をとりこわし、石の地蔵を床下に運んで埋めてしまった。そして、はじめの計画どおり、庭を釣り堀にすることにきめた。

釣り堀はもちろん、たいしたもうけではなかったが、地蔵なんかを置いておくよりははるかにいい。エヌ氏にとって必要なのは、ご利益《りやく》ではなく、利益《りえき》なのだ。

不運

ざぶりと波がしらが崩れ、K氏の口に、塩からい海の水があふれた。彼は立泳ぎをしながら、どんどん遠ざかって行く船の灯を見送った。服を着たままなので、手足は思うように動かず、楽ではない。しかし、彼は服をぬごうともしなかった。

ここは、夜の海のまっただなか。船は視界から消え去り、彼は立泳ぎをつづけながら一回りしたが、ほかの船も、陸の影も見えなかった。

いままで乗っていた客船を追いかけることは、もはや不可能だ。また、最も近い海岸に泳ぎつくのも、二日はかかる。この場所で一日待っていれば、つぎの船が通りはするが、海流があるのでそれもできない。

いかに泳ぎがうまいといっても、助かる見込みは、まったくなかった。

「やれやれ、これでなにもかもお別れか。くたびれて沈むのを待つとしよう」

K氏は口から水を吐き出しながら、つぶやいた。その声や表情には、あわてたようすなど少しもなかった。それは、決意がいかに固いかを示している。死ぬ覚悟で身を投げたのだ。

世の中には自殺をはかる人は多く、また、その方法にもいろいろある。だが、海のまんなかで飛びこむ以外の方法は、多かれ少なかれ、ひとに迷惑をかける。死ぬ本人にとっては、あとは野となれだろうが、線路の上の死体を片づける人などのことを考えてみたら、発作的な自殺でない限り、街のなかでは、できるものではない。

K氏の場合は、考えぬいたあげく、不動の決意で死を望んだ。で、このようにひとに迷惑のかからない、海に飛びこむという方法を選んだのだ。

なぜ死ぬつもりになったかは、ほんのちょっとした不運のため。生まれつき、あらゆる勝負事が好きだった。そして今まで思い出せる限りで、これはという勝負には、ほとんど負けたことがない。いや、あらゆる場合に勝っていた。負けたのはただ一度きり。多くの人は、そんな彼をうらやむかもしれない。しかし、決してうらやむべき状態ではなかった。

その一度が、最後の一度だったのだ。ありとあらゆる財産をつぎこんでやった勝負に負ければ、それまで何百回と勝ちつづけていても、まったく意味がない。その時になって勝負事を心からうらんでみても、すべては手おくれ。

なぜそんな大勝負に賭けるつもりになったかというと、それは失恋してやけを起したため。彼は今まで女性に対して運のいいほうで、失恋したことはただの一度だけ。だが、その一度が、心の底から愛した女性に対してだった。女性に対しての自信をまったく失い、見るのもいやになった。心に焼きついた女性不信の念は、もはや消えない。

なぜ失恋したかというと、酒に悪酔いしたのが原因だった。彼は酒が好きで、悪酔いしたことは一度だけ。その一回がこのあいだ起り、道ばたで不注意のため自動車にはねられ、顔が醜く傷ついてしまった。

つまり、酒と女と勝負事を愛し、なにもかも順調だったK氏は、ほんのちょっとした不運のため、生きがいを失い、すべてを憎み、死の決心を抱いたのだ。

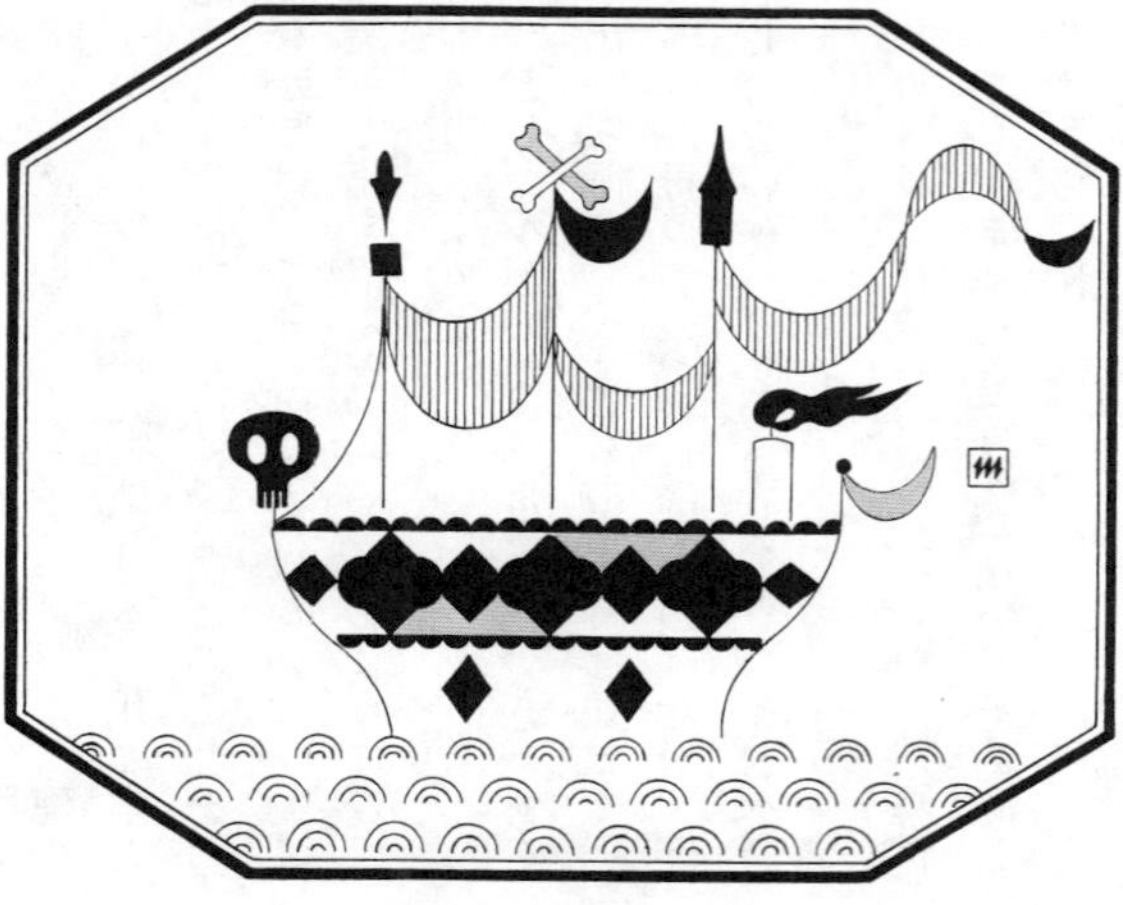

「少し、くたびれてきたようだ。もうそろそろ、お陀仏《だぶつ》だろう」

彼はしだいに疲れ、こう言った。いまさら生きながらえるつもりもないので、大声で助けを呼ぼうとはしなかった。もっとも、助けを呼んだところで無意味なのは、考えてみるまでもない。

やがて、手も足も動きがにぶる。おりから襲った大きな波は彼を巻きこみ、海の水は待ちかまえていたように口と鼻に殺到した。

気がついてみると、K氏はベッドの上に横たわっていた。

「あ、ここはどこだ……」

こう言うと、そばに立ってのぞきこんでいた船員服の男が、ささやきかえしてきた。

「おめざめですか」

あたりを見まわし、まもなくこう判断した。そばの船員服の男、室内のつくり、どこからともなく伝わってくる機関の音、窓の下あたりの波の音。おぼれ、気を失っている時、通りがかったこの船に助けられたにちがいない。

「ここは、船の上だな。おれを拾いあげたのだな」

「さようでございます」

「やい。なんで、よけいなことをした。おれは誤って海に落ちたのではない。自分から進んで、客船から飛びこんだのだ。ああ、おれはこのごろ、まったく運がついてない。うまく死ねると思ったのに、こんな船に拾いあげられるとは」

わめき散らしたが、船員は礼儀正しく頭を下げた。訓練の行きとどいた、高級な客船らしい。

「まあ、そうおさわぎにならないで下さいませ。いかがでしょう、眠っておいでのあいだに、服はきれいにプレスしておきました。それをお召しになって、広間のほうにおいで下さい。みなさん、楽しそうにしてますよ。きっと、お気にも召すことと存じます」

いつまで横になっていても仕方ないので、K氏は服をつけ、案内に従った。美しい音楽が流れ、明るい光が満ちている船内のホール。そこには大ぜいの人がいて、面白そうに遊んでいる。船員はK氏に、片すみを指さしながら言った。

「あそこには、バーがございます。どうぞ、お好きなお酒でも、ご注文ください。お勘定のほうは、ご心配なく」

「酒だと。とんでもない。おれが死ぬつもりになったのも、原因のひとつは酒だ。ビンを見るのも、においをかぐのもいやだ」

　彼は船員をふりきり、人だかりのしているほうに歩いていった。のぞいてみると、ルーレットがあり、球が軽い音をたてながら回っている。そばにいた年配の外人が、K氏に話しかけてきた。

「どうです。あなたも、やってみませんか」

　K氏は頭を振った。死ぬつもりになったもうひとつの原因は、これなのだ。

「わたしは、やりません」

「おや、どうしてです。面白いのに。あ、金ですか。金なら胴元にたのめば、貸してくれますよ。むこうへ着いてから、精算すればいいのです」

「いや、わたしは、きらいなのです」

　どうせ死ぬつもりなのだから、借りたってかまわないとは思ったが、自分をこんな羽目に追いこんだ憎い勝負事に手を出す気はしなかった。

　彼はルーレット台をはなれながら、考えをまとめた。金持ち連中が集って買いきった、不定期の遊覧船にちがいない。秘密に賭けをやるには、一番いい方法だ。しばらく前なら、K氏は酒にも、賭けにも、進んでその誘惑に乗ったところだが、いまは少しも興味を持てなかった。

　彼は、デッキのほうに歩いていった。船は夜の海を静かに航行していた。ぼんやりとそれを眺めていると、とつぜん、甘いにおいと声が近よってきた。

「つまらなそうね。いかが。仲よくしましょうよ。いっしょに遊ばない。この船には、なにからなにまで、そろっているのよ。港へ着くまで、ぼんやりしていたって、しようがないじゃないの。うんと遊ばなくちゃ損よ」

ふりむいてみると、そこには若く美しい女が、からだをくねらせながら立っていた。女か。以前の彼ならすぐにも飛びつくところだったが、いまはちがう。なにに対しても興味を失い、なにに対しても信じられなくなっている。とくに女性に対しては、完全に自信を失っていた。

「せっかくだがね。船のみなさんは親切に、仲間に入っていっしょに遊べと誘ってくださるが、おれはもう、酒やルーレットや美人など、見るのさえいやなんだ」

こう言い、やにわに手すりを乗り越え、

「ねえ、お待ちなさいよ……」

という声をあとに、またも海に身を投げた。

「しっかりしなさい」

彼は、その声で目をあける。またも身を投げたものの、またも助けあげられたらしい。もっとも、見まわすと今度は小さな漁船で、話しかけているのは、その持ち主らしかった。

「なんだ。またまた拾われたのか。好意はありがたいが、おれは死ぬつもりだったんだ。どうして死ねないのだろう。助けるな、と書いた標識でも頭につけてないと、死ねないのかな」

「そうでしたか。だけど、またとは、どういう意味です」

　相手は首をかしげる。

「じつは、さっき一回、豪華な遊覧船に拾われた。そこには、酒、勝負事、美人、なんでもそろっていた。しかし、おれはそこから、また飛びこんだのだ」

　その説明にも、首をかしげたままだった。

「そうですか。しかし、そんな船は見たことがありません。わたしはこのへんで、ずっと漁業をしていますが」

「本当なんだ。人がたくさん乗っていたぞ」

「あ、もしかしたら、船の灯が水にうつっていなかったのでは……」

「なんで、そんなことを聞く。しかし、そういえば、飛びこんでから眺めると、灯が海面にうつらず、妙に思った気もするが」

相手は青くなり、声がふるえた。

「そ、それなら幽霊船です。見たことはありませんが、話には聞いています。海の死者を拾いあげ、あの世の港に送りとどけるための。途中で気が変らないように、至れりつくせりのサービスだそうです。あなたは、ほんとに運のいい人だ」

だが、K氏は、

「そうだったのか。ちくしょう。それなら、あのまま乗っていればよかったんだな。よし、おれはもう一回飛びこみ、なんとかしてあれに乗ろう」

と、身を起しかけた。しかし、引きとめられた。

「およしなさい。むだですよ」

「なんで、むだなのだ」

「幽霊船から逃げ出すと、あなたの名前は船客名簿から削られ、当分のあいだは乗せてくれないそうです。つまり、死なないわけですよ。いくら飛びこんでも、だれかに助けられるにきまっているのです。あなたの場合は、死ねない、といったほうがいいのでしょうがね」

症　状

ケイ氏はビルの十一階にある一室を訪れ、まずドアをノックした。

「どうぞ」

と答えがあり、ケイ氏はなかにはいって、おそるおそる聞いた。

「あの、精神分析の先生のいらっしゃるのは、ここでしょうか」

「はい、わたしです。どうぞ、お入り下さい。どんなぐあいなのですか。その椅子におかけになって、くわしくお話しください」

窓を背にして、大きな机にむかっていた医者がうながした。

「じつは夢のことなのです」

「それは、いけませんね。しかし、よくあることです。現代は頭を使うことが多く、そのため眠りが浅くなります。それで、いやな夢を見ることが多いのです。どんな夢ですか」

「なにしろ普通ではないのです。それがいやで、いろいろな方法を試みました。怪しげな信仰にも、入ってみました。すべて、むだでした。先生なら、なんとかしていただけるだろうと、うかがったわけです。こんないやな夢は、ありません」

「いったい、どんな夢なのです。怪物ですか。美人にあって話しかけようとしたとたん、相手に消えられてしまうのですか。それとも、核戦争ですか。夢にはそれぞれ、関連したなにかの原因があるものです。それをつきとめれば、たいていはなおります。さあ、恥ずかしがらずに、お話しなさい」

ケイ氏は、やっと話しはじめた。

「眠りについてすぐ見るのが、朝おきるところです。わたしは服を着かえ、食事にかかります……」

「なるほど、そこになにかが現れるわけですね」

「いえ、それならいいのですが、なにも現れてくれない。わたしはカバンを持って、会社に出勤します」

「それから……」

と医者は先をうながした。

「事務をとりつづけ、終ると家に帰ります。やがて、寝床にはいることになります。すると、そこで夢が終り、目がさめるわけです」

「なるほど、変っていますな」

医者は腕ぐみをし、首をかしげた。

「なんとかしてください。一日の仕事だけでも、いいかげんうんざりなのに、夢のなかでまで、それを繰り返すのです。たまりませんよ。このままでは、わたしの人生は絶望です」

「そうでしょうな」

と言って、医者はいろいろな文献を調べにかかった。しかし、それに該当する症状は、見つからないらしかった。ケイ氏は、気づかわしげに声をかけた。

「どうでしょう、先生」

「うむ。それがどうも、むずかしい症状ですな。どの本にも出ていません。お気の毒ですが……」

ケイ氏はがっかりしたように、ため息をもらした。しばらくうつむいていたが、やがて立ちあがった。

「やっぱり、だめですか。こうなったら、残された道はただひとつです」

「どうなさろうと、おっしゃるのです」

と医者がいぶかるのにかまわず、ケイ氏は窓ぎわに歩みよった。そして、開《ひら》いている窓から、身を投げた。

ケイ氏は久しぶりに、すがすがしい朝をむかえ、うれしそうな声をあげた。

「ああ、なんでこんな方法に、早く気がつかなかったのだろうか」

夢のなかの自分を消滅させることに成功したケイ氏は、つぎの夜から、もはや、あのいまわしい夢を二度と見ることがなかった。

顔のうえの軌道

音楽が終り、光線が弱められるにつれ、この広い部屋のなかに、ほっとした気分がみちはじめた。

あたりに配置されている、さまざまな物。たとえば、どこにも決してかけられず、またどこからもかかってくることのない電話機、いかに引っぱってもあかない戸棚、根を持たない木や草など。すべては人工の時間から解放されて、いっせいに生気を失い、本来のみすぼらしさに戻りつつあった。

部屋のまわりの壁の厚い、コンクリートさえも、いままで吸いこみつづけていた緊張を吐き出しにかかっているように見えた。ところどころから軽いため息があがり、それは、

「おつかれさま」

と呼びあう声となり、さらにざわめきとなってひろがった。ここはテレビ局のスタジオ。いまは、藤川昌子の主演したドラマの収録が終ったところだった。

上のほうから金属的な響きがした。二階からの鋼鉄製の階段を、この番組のディレクターがおりてきたのだ。彼は、床の上にのびている太いコードを飛びこえながら、まっすぐに昌子にかけよってきた。そして、興奮をともなった、せきこむような調子でこう話しかけた。

「うまくいったぜ。すばらしい出来だった。きみは、どんな役でもこなしてしまう。いや、どんな人物にでも、完全になりきることができるのだ。いまの役は、きみにははじめての悲劇的なヒロイン。どうなることかと、じつはちょっと心配だった。それが、なにもかもうまくいったぜ」

「ありがとう。そうだといいのだけど」

彼女は、意味のない返事を、つまらなそうにした。それは彼の表情と、大きな対照を示していた。たしかに、いま終ったドラマの役は、彼女にとってははじめての役柄だった。ディレクターは冒険を試みるつもりで昌子にその役を与え、彼女は期待どおり、いや、期待以上にやりとげた。だから、彼が喜ぶのも無理のないことだった。

「そうとも。ぼくがこれまで手がけた番組のなかで、いまのきみみたいに完全にやってくれた人は、いなかった」

彼はしきりとしゃべりつづけたが、昌子にとってはそらぞらしい響きとしか聞こえなかった。彼女がドラマの人物になりきり、すべてがうまくゆくことは当然のことで、前からわかっていたことなのだ。

彼女は、いいかげんでこの場から去りたいと思った。そこに、ちょっとした邪魔が入った。いまのドラマに端役ででた、ひとりの女の子が話しかけてきたのだ。

「いつも、うまく役をこなすのね。あたしにはとても、ああ巧くはできない。ずいぶん勉強しているつもりだけど。やっぱり、才能のちがいなんでしょうね。うらやましいわ。それに、メーキャップもお上手ね。目の下にさりげなくつけた、そのつけぼくろの位置。悲劇的な役の性格を、ぴったりとあらわしているわ……」

その声には、おべっかの調子が含まれていた。昌子から、演技のこつでも聞きだそうというのだろうか。それとも、そばにいるディレクターに、自己の存在を示しておこうという意味をかねているのだろうか。

「そんなに、よくいったかしら」

と、昌子はうるさそうに答えた。よけいなことを、言わないでいてくれればいいのに。ほかの人たちのあたしへの嫉妬《しっと》や反感を、あおりたてるようなものじゃないの。彼女にはざわめきにみちた空気のなかを、鋭く飛びかうとげの存在がはっきりとわかっている。みなは、こう思っているのだ。

——なんだ。ちっとも美人でもないくせに。いい気になりゃがって。われわれが引きたてて、うまく運んでやってるからじゃないか。

——彼女、演技の勉強なんか、なんにもしていないじゃないの。運がいいのよ。それとも、裏から手をまわして、自分を主役に売りこんでいるのかしら。

しかし、それらの嫉妬が、声となって出ることはない。たしかに、みなが内心でつぶやくように、昌子は美人とは呼びようがなかった。また、演技の修業も、ほとんどしていなかった。

にもかかわらず、役を与えられれば、それを完全にやりとげることができる。明るい役であれ、清純な役であれ、また虚栄心の強い役であれ、どんな場合でも同じだった。だから、どのテレビ局の、どのディレクターも、そんな便利な彼女を使いたがるのが当然だった。

みなの内心の嫉妬が声となれば、すぐに「それなら、きみにあれだけできるかい」と反問されるにきまっているのだ。

「じゃあ、つぎの仕事がありますので……」

昌子は小声であたりに言い、足早にスタジオの出口にむかった。しかし、廊下に出たとたん、また一人の男につかまってしまった。それは、ある週刊誌の芸能部の記者。

彼もしつっこく、同じようなことを話しかけてきた。

「はじめてのタイプの役なのに、すばらしい出来でしたよ。うちで記事にしたいんです。いったい、どこでその才能を身につけたんです。失礼かもしれませんが、聞くところによると、あまり勉強もしないそうだし、リハーサルの時にはあやふやなこともあるという、うわさ。それが、いったん本番となると、見ちがえるように役を果たす。どこに、その秘訣《ひけつ》があるんです。ねえ、教えて下さいよ。この事は、だれもが知りたがっているはずですから」

「秘訣なんて、ありませんわ。ただ、しぜんにやっているだけ。みなさんがほめて下さるけど、うまくいっているかどうか、あたしにはわかりませんわ」

「そうかなあ。そんなはずはない。きっと、なにかあるはずですよ」

彼がなかなか離れそうになかったので、昌子は廊下にかけてある時計を見あげて言った。

「あら、急がなくては、つぎの仕事があるの。べつの局のスタジオからの迎えの車が、玄関で待っているのよ。そのお話は、こんど時間のあいた時にでも……」

芸能記者だけに、昌子がまもなくべつの局での番組に出るのを思い出したらしい。

「そうでしたね。だけど、あなたのひまな時など、待っていたら、いつまでたっても……」

彼の声をうしろに、昌子は控室に行き、衣装をぬぎ服に着かえた。服を着かえ終って腕時計をのぞくと、記者への逃げ口上どおり、少しは急がなくてはならなくなっていることに気がついた。

鏡にむかい、左の目の下にあるつけぼくろをはがし、紙に包んでポケットに入れた。そして、バッグを手に、滑りやすい廊下を玄関にむかった。

華やかさと虚しさのまざったテレビ局の玄関のホールを抜けようとした時、昌子は背中をたたかれた。

「昌子さん。うまかったじゃないか。ディレクター室から見てたよ」

その言葉はさっきからのと同じ内容ではあったが、その声は彼女の足をひきとめた。ふりかえってみると、そこに旗野幸生が立っていた。

「あら、旗野さん」

旗野と昌子は学校時代からの知りあいだった。彼は、放送作家。たまたま番組の打ち合せで、ここに来ていたのかもしれないし、昌子に話しかけるため、時間をはかってここで待っていたのかもしれない。しかし、昌子にはそのどちらであるかは、わからなかった。

「すんだのなら、これからいっしょに帰ろうか」

「それがだめなの。あたしは、つぎの仕事があるのよ」

「それは何時に終るんだい。終ってから、どこかで会おう」

「一時間あとには、すむと思うんだけど。すんでから、来週の打ち合せがあるかも……」

彼女は言葉をにごしたが、彼はあきらめなかった。

「ぼくはこれからいつものバーにいっているから、もし早くすんだら来てくれよ。ぜひ、話したいことが」

「ええ、早く終ったら寄ってみるわ」

昌子には、旗野の話したいことがわかっていた。すでに何回も言われていた。そろそろ結婚してくれてもいいだろう、ということなのだ。

昌子にとって、それは決していやなことではなかった。以前から彼に好意、いや、好意以上のものを抱き、いまもそれを持ちつづけている。自分でもいいかげんで今の状態を打ちきり、彼との結婚に入りたいと思っているのだ。

しかし、彼女は今の状態、この異様な状態を打ち切るふんぎりが、なかなかつかない。なにかのきっかけがない限り、自分からは飛び出しにくい状態にとらわれているのだ。

彼女は大きく厚いガラスのドアを押し、外へ出た。つぎのスタジオからの迎えの車は、すぐに見つかった。昌子はそれに乗り、

「少し急いでちょうだい」

と運転手に声をかけ、シートに腰を下ろした。そして、バッグのなかから古びた本を取り出した。

手さぐりで取り出した、一冊の本。

昌子の現在は、この本によって作られているといえた。黒ずんだ革の装丁の、あまり大きくない外国製の本。

彼女はうす暗い車のなかで、そっとページを開いた。遠い距離をへだてた異国のにおいと、遠い時間をへだてた過去のにおいがまざりあって、かすかに彼女の鼻をくすぐった。

においは、いつも記憶をよびさます。昌子は、この本をはじめて手にした時のことを思い出した。この本は数年前、アイルランドに旅行していた伯母から、彼女に送ってきたものだった。

しかし、その本にどんないわれがあるのか、伯母がどうして手に入れ、また、どんなつもりで昌子に送る気になったのかはわからない。なぜなら、その伯母はアメリカまわりで帰国の途中、ニューヨークで不慮の事故にあって死んでしまったのだ。いまでは聞きようも、調べようもなかった。

当時、昌子は英文科の学生であり、その古い文体の文章を読むことはできた。本の表題は『ほくろ占い』だった。

なにげなくめくったページのところどころには、人体や顔が銅版画によって描かれてあった。その、あまりに現代と対照的な世界は彼女の好奇心を刺激し、くわしい内容を知りたくさせた。

――世界をつつむ天空では、多くの恒星が星座をつくり、そのあいだを惑星が運行し、目に見えぬ力で人びとの運命を導いている。それと同じことが、皮膚にもある。人びとの内にひそむ性格、かくされた運命も、皮膚のほくろの位置によって象徴されている……。

このような言葉で、その本ははじまっていた。彼女はもちろん、すぐにそれを信じてしまったわけではない。

しかし、ぱらぱらとページをめくり、いくつかの銅版画の顔を見ているうちに、そのほくろの位置によって、その性格が想像できるような気がしてきた。ためしにひとつをえらんで、そばの説明を読んでみると、偶然かもしれないが、彼女が想像したものにほぼ一致していたのだ。

クイズのような、面白さもあった。彼女はそのひとつひとつを見つめ、これは凶、これは吉、これは中途はんぱ、また、富に恵まれる、愛情が強いなどと首をかしげて想像する。それから、そばの説明文を読んでみる。

当る率が多いように思えた。また、当らなかった時も、説明を読んでから見つめなおすと、自分のほうがまちがっていたような気になる。昌子はその本に、しだいにひきこまれていった。

しかし、このほくろ占いの理論や歴史には、あまり興味がわかなかった。つまり、そもそも古代ギリシャのメラムプスによってはじめられ、絶えることなく研究がうけつがれ、十八世紀の初期に体系がととのえられた、といった部分など。

どの位置のほくろが、どんな性格や運命を示すかという直接的なことに、より多くの関心があった。昌子は、やはり現代に生きる若い娘なのだから。

こうなると、彼女は、鏡をのぞきたくなる。自分はどこにほくろを持っていたか、気になってきたからだ。しかし、鏡を見終ってほっとすると同時に、少しさびしい気持ちにもなった。ほくろらしいほくろは、彼女の顔のどこにもなかった。

昌子は本のページをめくりつづけ、この奇妙なクイズ遊びに熱中した。そして、本のなかほどに来た時、彼女はまばたきをした。黄色っぽいページの上に変なものがはさまっていたのを見つけたのだ。それは小さく、丸く、黒っぽい色をしていた。つまみあげてみたものの、なんでできているのかはわからなかった。

「妙なものね。ごみかしら」

彼女はこうつぶやきながら、そばのくずかごに捨てようとして、これがつけぼくろと言うものではないかと思った。

このあいだ読んだ風俗史の本の内容を思い出したのだ。十六世紀にベネチアから起ったつけぼくろの流行は、一時はヨーロッパじゅうにひろがったそうだ。だれもかれもが、男でさえもタフタやビロードを、小さなさまざまな形に切り抜き、顔にはりつけた時代があったという。

しかし、本の間からでてきたこのつけぼくろは、タフタでもビロードでもなさそうに見えた。むしろ、革に近いように思われた。

珍しい物を手に入れたと気がつきはしたが、これをどこにしまったものかと彼女は迷い、指でつまみあげたまま、なにげなくそのページに目を落した。

そこの銅版画の顔のそばの説明文は、思わぬ運が開けるほくろの位置を告げていた。

「面白いじゃないの」

昌子はこの偶然に、なんとなくいたずら心を起した。化粧台のなかから、つけまつ毛用ののりをさがし出す。どんな感じか、鏡にむかって、その図の示す位置で自分の顔を飾ってみようとした。

鏡だと、図とちがって左右が逆になるのにとまどいながら、右の眉毛のそばにはりつけてみた。鏡のなかの顔は、なにかいいことがありそうな表情を作っていた。

「さあ、きっとなにか起るわよ」

昌子は鏡のなかに、冗談めいた口調でささやいてみた。

その時、電話のベルが鳴ったのだ。

「どなた」

「ぼくだよ。旗野だ」

その声で、彼女はにっこりした。まんざら、ききめがないわけでもないわ。こうすぐに、デイトの誘いがかかってくるとは。

「あら、飲みに行きましょうか」

しかし、彼からの用件は、彼女の想像とちがっていた。

「それどころじゃない。ぜひ、きみに助けてもらいたいことに……」

「なによ、そんなにあわてた声をだして」

「きみも知ってるように、ぼくの脚本で演劇部の連中が、あさってから芝居をやることになっているんだが」

「それは知ってるけど、どうかしたの」

「予定していたのがひとり、病気で倒れちゃったんだ。きみ、出てくれないか。ちょっとは演劇部にいたんだから、やってやれないことはないよ」

「だけど、あたしなんか……」

「たのむよ。ほかにいないんだ。たいした役じゃないから、そう心配することはないさ」

旗野からのたのみでは、昌子は断わりきれなかった。

「いいわ。でも、うまくいかなくても、あたしのせいじゃないわよ」

「ありがたい」

「それでどんな役なの」

「じつは、いじの悪いオールドミスの役なんだ」

「いやな役ね。だけど、引きうけたからには、やってみるわ」

そして、その当日。昌子は面白半分に、いじの悪い相を示す位置にそのほくろをつけ、舞台にあがった。芝居そのものは上出来ではなかったが、昌子の演技は完全だった。いじの悪い役は目立つものだが、そればかりでなく、役そのものになりきり真に迫っていた。

これが、すべてのはじまりとなった。観客のなかに学校の先輩のテレビ・プロデューサーがいて、昌子にテレビドラマへの出演をすすめてきた。

一回ぐらいなら、話の種に出てみようかしら。そう思って応じたのが、一回ではすまなくなってきた。彼女は冗談ではなく、その古い本と黒っぽいつけぼくろにたよらざるをえなくなった。

とくに美人でもなく、才能もなく、修業もほとんどしていない者の上に、予期しなかった好評と期待がつみ重なってきてしまった。たよるとなると、こんな物以外にない。そして、本とつけぼくろは、彼女にそのたびごとに成功をもたらした。

藤川昌子という女は、どんな役でもこなしてしまうぞ。このうわさは彼女の意志とは反対に、関係者のあいだに伝わっていった。

昌子は旗野との距離がひろがってゆくようで、さびしさに似た気持ちを持った。もちろん、おたがいの愛情に変化はないが、会う機会がへり、結婚へ踏み切ることが、ますますできにくくなってきたのだ。

「もう、一切テレビには出ません。仕事はやめます」

こう宣言できないことはない。だが、テレビカメラのむこうにいる目に見えない大衆のむれは、一種の強い圧力となって迫り、彼女にはそれが口に出せなかった。やむを得ず次の出演を承知し、出るからにはと、本とつけぼくろにたより、その成功はさらにつぎの出演を招く。この循環はいつまでつづくのだろう。打ち切ることは、できないのだろうか。

昌子は自動車の揺れで、追憶からさめた。

「さあ、そろそろ、つぎの番組用のほくろの位置を調べなくては」

昌子はこうつぶやいて、バッグのなかに手を入れ、小型のライトを取り出して、パチリとスイッチを入れた。しかし、本の上には、いつものように黄色い光のスポットは現れなかった。

「おかしいわ」

彼女はライトを軽く振ってみた。だが、故障なのか、電池がきれたのか、やはり光は出てこなかった。しかたなく、彼女は本を持ちあげ、車の外を流れる街灯、ネオン、ヘッドライトなどのまざった光をたよりに、ページをめくった。

　これから行く局での番組では、彼女は浮気《うわき》な女の役を与えられている。これも、はじめての役柄だった。浮気な女の相がどこかにあったはずだと、ページをめくりつづけ、ちらちらする窓外の灯によって、それらしいのをさがし出した。その銅版画の図は、右の耳のなかを示していた。

「へんな所だわ。こんな所でいいのかしら」

　彼女はポケットからつけぼくろを出し、のりをつけて、指示どおりにつけた。もっとも、いままでに役柄によっては胸とか、足とか、外から見えない部分につけたことはある。その時も、つけぼくろは約束どおり彼女をその性格に作ってくれたので、彼女もとくに疑念は抱かなかった。

「まあ、一応つけておいて、局についてから明るい所で調べなおし、ちがっていたら、つけかえることにするわ」

　こう心のなかできめ、腕時計をのぞいた。しかし、番組収録のはじまるまでに残された時間は、あまりなかった。彼女は運転手に声をかけた。

「お願い。急いで下さいね」

「ええ、そうしたいんですが、なにしろ、いまはこの辺がラッシュでね」

　そう答えられて外を見ると、なるほど急ぎようにも急げない自動車の混雑だった。いらいらしているうちに時間はたってゆき、車のほうは少しずつ進んだ。そして、やっと局の玄関についた。

　玄関には、番組の係が待ちかねたような顔で立っていた。昌子の乗った車をみつけると、あわててかけより、ドアをあけ、呼びかけた。

「藤川さん、ゆっくりでしたね。どうなることかと、はらはらしてましたよ。スポンサーが代ってはじめての番組だから、気が気でなかった」

「道がこんで、仕方なかったのよ」

「でも、まにあってよかった。すぐスタジオに入って下さい」

　彼は昌子の手をひっぱるように車からおろし、うしろから追いたてるように廊下を案内した。

「あと何分あるの」

「五分ぐらいでしょう。すぐスタジオに入って下さい」

「では、大急ぎで衣装をかえなければ」

「そんな時間はありませんよ。きょうのドラマなら、その服で立派に通用します。それに、藤川さんなら、いつでも役になりきれるんですから、少しぐらい服がちがっていても、演技でカバーできるでしょう」

「その点はなんとかなるでしょうけど、ちょっと本を見たいのよ」

「本ですって。ああ、台本のことですか。だけど、せりふ合せは、先日すっかり済んでいます。なにも今さら見ることはないでしょう」

「台本のことじゃないのよ」

「なんの本です。冗談じゃない、ゆっくり読書している場合じゃ、ありませんよ。ディレクターがじりじりしています。さあさあ、入って下さい」

昌子は押しこまれるようにスタジオに入り、係はうしろで防音扉《とびら》をしめた。本番前のあわただしさのなかで、関係者たちは昌子を迎え、ほっとした。

ちょっとした確かめあいや、カメラの向きの訂正などを打ちあわせているうちに、さらに時間がたった。

「本番、一分前」

と声が伝わってきて、ざわめきが静まり、それが緊張へと変っていった。照明が強まり、音楽がはじまり、セットが活力をみなぎらせはじめた。

しかし、そのなかで昌子は、いつもとちがう気持ちに気づいた。自分だけがまわりの動きとなにかずれているのだ。しかし、ドラマは進行をはじめている。せりふを言い、動作をつづけなければならない。

場面がかわり、カメラが昌子からはなれた。そのあいまを見て、演出の助手がまっ青になって寄ってきて、彼女に耳うちした。

「どうしたんです。なにか、かんちがいしているんじゃないんですか。きみの役は、浮気な女なんですよ。あれでは、浮気のうの字も感じられない」

「どうも調子がでないのよ。ほくろが、本とちがってたのかしら」

「え、なんのことです。ほくろだの、本だの。しっかりして下さいよ。いつものあなたらしくない。このままでは、とりかえしのつかないことになってしまう」

「ええ」

助手は離れ、ふたたびライトとカメラが昌子に集中した。だが、やはり周囲とのずれは大きくなる一方だった。相手役の俳優の困った感情が、はっきりと彼女に伝わってきた。相手役ばかりでなく、ディレクターのあわてていることも想像でき、スポンサーの苦い顔が目に浮かんだ。

しかし、昌子には、どうにもならなかった。なんとか役の性格になりきろうとしても、目に見えぬ力がそれをはばんでいるようだった。

スタジオ内が混乱に近い状態になっていることがわかっていても、彼女にはどうにもならなかった。あらためて俳優を代え、作りなおす余裕はない。編集で欠点を減らすことになるだろう。もはや、この局だけでなく、どのテレビ局にも出られなくなる。いままで嫉妬を押えていた連中が、これを機会にいいかげんなことを言い歩くだろうし、どのディレクターだって多額の費用をかけて製作する番組に、とんでもない失敗をやる可能性のある人間を使おうとするはずがない。昌子は、すべてが終りになったことを知った。

同時にドラマも終っていた。彼女はうつむき、セットのかげに置いておいたバッグを持ち、かけながらスタジオを出た。もはや二度と通ることのない廊下、玄関を抜けて夜の空気にふれ、やっとわれにかえった。

「これで、おしまいというわけね」

一方、なにかしら重荷がとれたような安堵《あんど》が感じられた。いつ果てるともしれない循環の渦から助け出されたような思いだった。彼女の頭には、旗野のことが浮かんできた。

「そうだわ。次週の打ち合せはもうないんだから、旗野さんの待っているバーに寄ってみようかしら」

昌子はこうつぶやきながら、自動車を拾おうと、大通りへの道を歩いた。そして、道ばたのごみ箱のなかにでも、もはや効き目を失った本を捨ててしまおうと考えた。だが、その前に、さっきつけたほくろの位置がちがっていたのかもしれないと気づき、それを調べるため、街灯の下でページをめくってみた。

その原因はすぐにわかった。さっきからつけていたほくろの位置は、やさしく従順な妻を示すものだったのだ。彼女は本を閉じ、そばのごみ箱のなかに投げ入れた。

「やあ、昌子さん。来てくれたね」

彼女がバーに入って行くと、旗野は喜びの目を見開いて迎えた。

「ええ。あたし、そろそろテレビの仕事をやめようと思うの。きりがないものね」

「よく決心がついたな。では、懸案の問題にでも入るか」

「そうしましょう」

「その前に、ゆっくりきみの顔を眺めさせてくれ。きみはよくほくろを方々につけていたが、いったい本物はどこにあったのか、さっきから思い出そうとしていたところなんだ」

「さがしてごらんなさい。宝さがしよ」

二人は顔をみつめあいながら、グラスをあけた。やがて旗野は声を高めた。

「あ、その右の耳。それは本物らしいな。だけど、前からそんなところにあったかな」

昌子は思わず指先をそこに当ててみた。だが、そこにあるものは、いつもの、はがれるほくろではなかった。自分では気がつかなかったが生まれつきそこにあったのか、いつのまにかそこにできたのか、また、つけぼくろが皮膚に定着してしまったのか。しかし、いまの彼女にはそれはどうでもいいことだった。

彼女は明るい声で言った。

「ここにほくろのある女は、どんな性格と運命を持っているかわかる……」

友を失った夜

春とはいえ、どことなく寒さのただよう、ある夜であった。深いビルの谷間のうえには、三日月が細く傾いていた。

窓のそばに立って、そとを眺めていた老婦人は、

「坊や。こっちの部屋においで」

と、となりの部屋の孫に呼びかけた。

まもなく静かにドアが開き、小さな男の子が入ってきて言った。

「おばあちゃん、どうなったの。まだ、だいじょうぶなの」

「どうだろうねえ。死なないでくれるといいけどね。さあ、こっちへおいで。テレビをつけてみようね」

祖母はやわらかい椅子にかけ、そのひざの上に孫を招いた。孫はおとなしくそれに従った。

いつもなら呼んでも遊ぶのに夢中で、なかなか来ないのに、ここ数日はちがってい

た。たいていの男の子はこんな時間には、宇宙生物のオモチャに熱中している。電気じかけで壁や天井をはいまわるオモチャ。彼らはそれにむけて、手の光線銃を射つ。命中すると、怪物のオモチャが苦しそうな悲鳴をあげる遊びなのだ。

しかし、このところ坊やは、その遊びをしなかった。坊やばかりでなく、どこの家の子供もそうだった。人類が親しい友人を失おうとしていることを、子供たちも感じとっているのだった。

祖母は、スイッチを入れた。壁の画面が明るくなり、そこに荒々しい世界が展開しはじめた。

「これ、なんていう映画なの。あんまり見たことのないのだね、おばあちゃん」

「これはね、ずっと昔の映画『ターザンの秘宝』というのだよ」

このごろは、テレビでこのような映画を毎日のようにやっている。きのうは『インドの王子』というのだった。猛獣たちの声、熱帯の木の葉のざわめき。二人はしばらくのあいだ、古い作品の描き出す世界に身をおいた。

やがて映画は中断され、アナウンサーがかわって、臨時ニュースを伝えはじめた。

〈その後の経過を申しあげます。病状はあいかわらず一進一退をつづけておりますが、一時間ほど前から、だいぶ危険な状態となってまいりました。医師たちは酸素吸入、

強心剤などあらゆる方法をつくしております……〉

坊やは目を閉じ、手をあわせ、口のなかでなにかを言った。祖母は問いかけた。

「坊や。なにをしてるのかい」

「うん。お祈りをしているんだ。どこの子も、やっているよ。どうか死なないで、って」

「いい子たちだね。あのゾウもそれを知ったら、きっとうれしがるよ」

テレビのアナウンサーの声はつづいた。

〈……鼓動がとぎれがちです。ここ数カ月、なにも食事をとっていませんので、もう絶望かもしれません。あと数時間のうちに、わたくしたち人類は、よき友であったゾウを失うことになるのです……〉

ニュースは終り、ふたたび映画のつづきがはじまった。孫は祖母に聞いた。

「むかしは、あんなにゾウがいたの」

「あんなに集っているのは、見たことがないよ。あたしの子供のころには、もうずいぶん減っていたから」

「でも、本物を見たことは、あるんだね」

「ああ、動物園というのがあってね、そこで二頭だけ見たよ。細く、やさしく、さびしそうな眼をしていたよ」

「どんなにおいがした……」

「さあ、枯草のようだったような気がするよ」

「枯草って」

孫は枯草を知らなかった。見たことも、触ったこともなかった。コンクリートの都市は加速度的に地上にひろがり、草原などは目のとどく所には残されていなかったのだ。

このような時代の流れは、人間以外の動物たちにとって不幸だった。問題になりはじめた時には、ゾウのようにからだの大きい動物は、その数がずいぶん少なくなっていた。

そして、問題になってから方策がたてられるまでにも、時間がかかった。人間に関する問題のほうが、いつも優先せざるをえなかったのだ。やがて、手はつけられたものの、ゾウたちにとっては、あまり住み心地のいいものではなかった。

清潔な空気、完全な飼料、美しい檻《おり》。このような一区画に、残ったゾウたちが集められ、行きとどいた管理がなされた。しかし、ゾウはやはり減りつづけたのだ。

「おばあちゃん。ゾウはなぜ、いなくなっちゃうの」

「ああ。きっとね、この地球の上には、ゾウの好きな場所が、もうなくなってしまったからだろうね」

「ゾウは、なにか悪いことをしたの」

「なにも悪いことはしないよ。人間と仲よく遊ぶために、いたのだよ。だけど、このごろは人間があまり遊んでくれなくなったので、ゾウは生きている必要を感じなくなったのだろうね」

「つまんないな。ぼくは大きくなったら、ゾウと遊んであげてもいいんだがな」

「子供のころはだれでも、そう考えるよ。だけど、大人になると、ゾウのことなんか考えもしなくなる。そんな時代がつづいたので、ゾウもあの一頭になってしまったんだよ」

「病気のゾウは、いまなにを考えているんだろうな」

「人間たちと、密林のなかを楽しくあばれまわった、先祖たちのことだろうね。この映画のように……」

祖母はテレビを指さした。その古い映像のなかでは、いま死にかけているゾウの先祖たちが、元気に、何頭も山を越え、川をわたっていた。栄光を示すような、強く明るい太陽のもとを。

ゾウたちは、鼻を振り、樹を倒し、叫び声をあげた。ありあまる力が、画面からあふれでてくるようだった。

坊やは食いいるように見つめていたが、祖母はべつのことを考えていた。いま発展をつづけている人類も、いつかは減り、ゾウと同じようにただ一人になってしまう時がくるかもしれないということを。そんな時に、その人はどんな事を考え、なにものが見まもってくれるのだろう。

またも映画が中断し、アナウンサーがかわった。

〈お知らせいたします。とうとう、手当てのかいもなく、ゾウは死んでしまいました。人間にとって、長い長いあいだ親しい友人であり、楽しいピエロであったゾウは、ついに絶滅してしまったのです……〉

坊やはそれを聞いて、ぽつりと言った。

「とうとう死んじゃったんだね」

「そうだよ。動き、呼吸し、喜んだりするゾウは、もうどこにもいなくなったんだよ」

そして祖母はしばらく黙っていたが、夜がふけていることに気がついた。

「さあ、もうおそいから、ベッドにおはいり」

「うん。ぼく、今夜はゾウのぬいぐるみといっしょに寝ようかな」

「ああ、そうしなさい」

坊やはドアから出ていった。いま死んだゾウはこの夜、世界じゅうの子供たちの夢にあらわれ、別れを告げてまわるのだろう。

健康の販売員

きょうも、いい天気だ。

私はいつものようにロボット・キツツキを肩に、ベルトロードの上に乗っている。仕事は薬売り。かつて若いころにはSF作家を志したものだが、こう科学の進歩が早くては、とても空想が追いつかない。そこで、薬売りに転向したのだ。

きょうは、このブロックの家庭を回らなければならない。一軒の家に入った。玄関の前に立つと、肩のロボット・キツツキが、

「ギャラクシー製薬からまいりました」

と、ドナルド・ダックのような声でわめきたてた。人間というものは、いつの世になってもぶしょう者なので、こうして訪問しないと、なかなか売上げが伸びない。しばらくすると、ドアが開き、この家の主婦が応対に出た。

「あら、薬売りさんね」

「はい。さっそくですが、お使いになった薬を調べさせていただきましょう。まず、

お坊っちゃんからにしましょうか」

「さあ、坊や。いらっしゃい」

と、主婦は、私のキツツキに話しかけている五つぐらいの男の子を、長椅子の上にうつぶせにさせた。私がなれた手つきで、子供のおしりをむき出しにすると、キツツキがすぐに飛び下りて、そのくちばしを筋肉深くつきさした。

このロボット・キツツキのくちばしは、精巧な電気メスになっているので、血も出なければ、もちろん痛くもない。たちまちのうちに、おしりの筋肉内から小さなカプセルが取り出され、私の手の上に乗せられた。それをキツツキの翼の下にさしこむと、

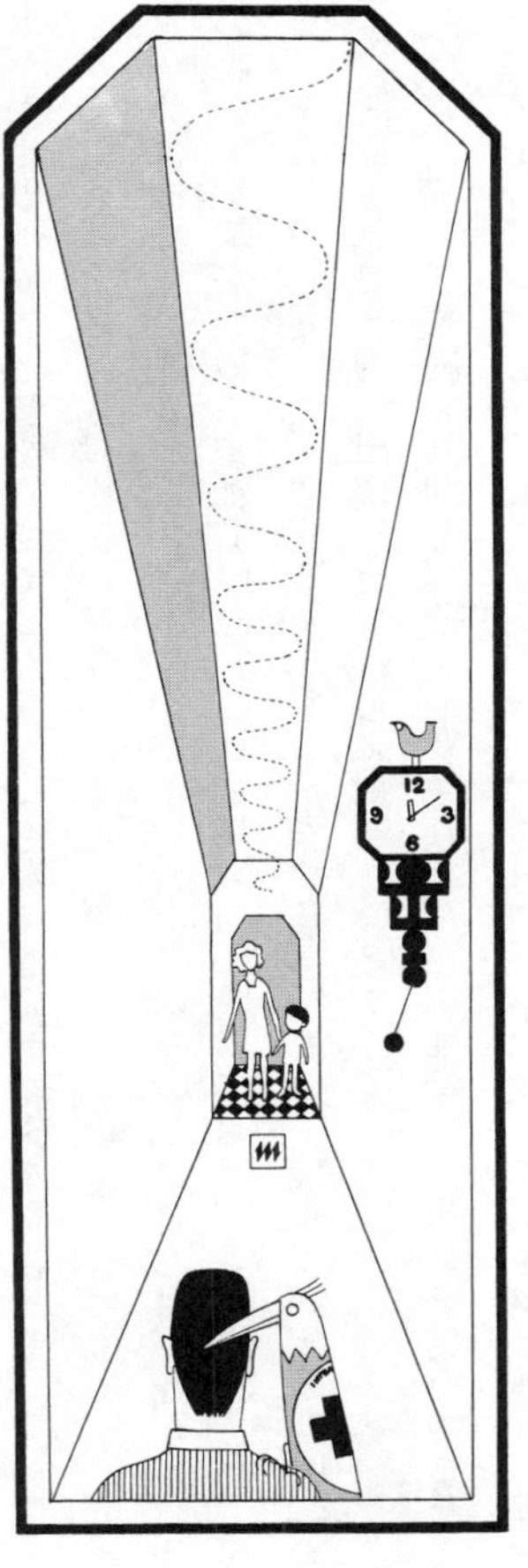

キツツキはカチカチと音を立てていたが、まもなく測定の結果を報告する。

「ビタミンAは……。B_1は……」

このカプセルは、細かい穴のいっぱいにあいたプラスチックで作られ、なかには濃度の高い栄養剤がつめこまれている。これを筋肉内に埋めておけば、人体は必要に応じて、そこから不足した栄養を取り出し、消費する。つまり、簡単にいえば、医学の進歩で開発されて体内に出現した、新しい臓器といえよう。

私は定期的に各家庭を訪問し、その消費されたぶんを補給し、代金を集めてまわるのが主な仕事だ。キツツキは補給し終えたカプセルを、ふたたび子供のおしりに埋めた。

「さあ、坊っちゃんは、すみましたよ。では、つぎに奥さまのを」

商売がら、仕事中は効いている性欲コントロール薬を飲んでいるので、ご婦人のおしりを目の前にしても、昔の人が考えるように興奮はしない。落ち着いたものだ。

「奥さまのおしりは、あいかわらずお美しいですな」

「それというのも、このカプセルのおかげだわね。栄養のバランスは、これでいつも正常に保たれているわけでしょう」

「はい。栄養のみならず、どんな微量元素のミネラルも含まれていて、細胞の老化速度を最大限におそくしております」

生命現象とは、各種の酵素の働きの総合だ。その酵素は微量元素の存在によって作用が大きく支配されるわけだが、その関係が大部分あきらかにされたので、人間の年のとり方が実にゆっくりになった。もちろん、寿命の延《の》びていることは、いうまでもない。そして、その延びた分だけ薬を使ってくれるので、製薬会社としてもありがたい。まったく、世の中は持ちつ持たれつだ。

「ところで、腕時計用注射装置のほうの薬は、まだよろしいでしょうか」

「そうね。ちょっと見てくるわ」

主婦は、となりの部屋に行った。だれでも百年前のと大差ないような腕時計をつけているが、その性能には大きなちがいがある。当然、時間を見ることもできるし、ラジオの機能も持っているが、健康のためにもなくてはならない装置なのだ。たえず脈搏《みゃくはく》や血圧、体温を測定しつづけ、異常があると、たちまちベルが鳴って警報を発する。好ましくない兆候も、同じように知らせてくれる。人びとはそれによって病院に行けば、すぐに治療されるしかけだ。

だが、この腕時計装置は、もっと日常的な役に立っている。大部分の人びとは日課がきまっているので、それに合せて薬をつめておけば、時間の経過とともに、自動的に静脈に注入が行われるのだ。もちろん無痛だ。

たとえば、朝、起きるべき時間になると覚醒《かくせい》作用の薬が、それにつづいてヒゲの抜ける薬品が、朝食のための食欲増進剤が、食事がすむと胃腸の働きを活発にする薬が、という順に注入される。通勤時間には、事故にあわないよう緊張剤、会社につけば能率増進剤が……といったぐあいに、つぎつぎと効果をあげつづける。

そして、家庭を持つ者ならば、夜になると精力剤、最後に就眠剤。眠りに入っているあいだにも、体内に残る余分な薬品を中和してしまう解毒剤の注入が、ゆっくりとつづく。だから、この薬品は、それぞれの人の日課に合されて調整されている。

「いまのところは、まにあってるわ……」

と、隣室の記録装置を調べてきた主婦が答えた。

「……だけどね、このあいだは、とんでもない目にあったのよ。まだ真夜中だというのに、主人がとつぜん飛びおき、腹がへったと叫び、食べ終ると外に飛び出していったんですからね」

「それは、お驚きになったことでしょう。いくら正確とはいえ、やはり時どきは検査にお出しにならないと。多くの機能をそなえていると、異変も起ります。このあいだ訪問したご家庭では、月曜日の薬が日曜日に作用して、せっかくの休日の予定が狂い大さわぎでした。ご依頼があれば、すぐにいたします。さて、健康と生活の薬のほかに、なにか趣味の薬のご入用はございませんか」

「そうね。じゃあ、カタログを見せていただこうかしら」

私の合図によって、肩のロボット・キッツキは目を光らせ、壁にカタログをつぎつぎとうつしだした。


〝芸術的感受性を敏感にする薬〟

〝テレビにあきた人に白昼夢を見せる、合成麻薬。完全解毒剤つき〟

〝聴神経を抑制することによる騒音防止剤。赤ちゃんのある家庭にどうぞ〟

〝記憶促進、および忘却促進剤〟

〝テレパシー剤〟


「あら、そのテレパシー剤というのは、どんな薬なの」

と、主婦は興味を抱いた。

「ああ、それは最近完成した、あらゆる感覚と、判断力をいっせいに敏感にする薬です。まあ、昔の言葉でいえば、カンを良くするという効果をあげるのです」

「いい薬ができたのね。では、それを、いただこうかしら。じつはね、どうも近ごろ、主人のようすがおかしいのよ。もしかしたらよそに好きな女ができたのではないかと、ちょっと気になるの」

「いや、奥さまのようにおきれいなら、そんなことはありえませんよ。しかし、どうしても気になるのでしたら、この薬はその目的にぴったりです。これをご使用になれば、ご主人の変なそぶりを見すごしてしまうことなく、また、それにもとづいて総合的な判断がすぐさま下せますから、すべてはすぐに見やぶれましょう」

「便利な薬が、できたものね」

「かつては、こういった目的のために、自白薬が使われました。これはなにもなかった場合、あとに気まずさを残しますので、ご存知のように最近は需要がなくなってしまいました。それに代って登場したのが、このテレパシー薬。はじめは発着の時の宇宙船操縦士、警官むけでしたが、近ごろ、一般の人たちのあいだでも、多く使われるようになりました」

「今夜、さっそく使ってみるわ」

私は薬を渡し、キツツキが計算した代金をうけとり、あいさつをして、その家を出た。

そして、近くの公衆電話から、主人の勤め先に連絡し、すぐさまテレパシー防止薬を売りつけた。どうも、浮気の虫の退治薬だけは、なかなか完成しないようだ。

さて、つぎの家庭の訪問だ。こんどの家は、少しうるさい。ポケットから小型噴霧器を出し、薬の霧を吸いこんだ。私の表情はいっそうにこにこし、舌の筋肉の動きもよくなりはじめた。そこで、

「ギャラクシー製薬からまいりました」

むだな時間

「やあ、よく来たな。どうじゃ、孫たちは元気かね。おまえの仕事は、うまくいってるかね」

郊外の静かな林にかこまれた別荘で、ひとり余生を送っているエル博士は、ひさしぶりにたずねてきた息子を迎えて、こう声をかけた。

「はい。家族は、みな元気です。また、わたしの仕事も、おかげでますます順調です。しかし、お父さんも、あいかわらず楽しそうですね」

エル博士は、かつてかずかずの新発明を世に送りだした業績を持っているが、いまはこの別荘でゆうゆうと暮している八十歳を越えた老人。だから、息子とはいっても、もう五十歳ぐらいで、大きな広告会社を経営している。

長椅子にねそべったエル博士は、太陽灯の光をあびながら、にこにことうなずいた。

「うむ。むかしとちがって、いまどきの老人は退屈しないからな。ありがたい世の中じゃよ」

「どういうことですか、それは」

「テレビじゃ。一日じゅうテレビを眺めていれば、仕事から引退した老人たちも、時間をもてあますことがない」

これを聞いて、こんどは息子がにっこりした。

「お父さんにそう言っていただくと、とくにうれしく思います。としよりの人たちに、そんなに喜んでもらえているとは、ありがたいことです。わたしたちがテレビ局とスポンサーのあいだをかけまわり、少しでも面白い娯楽を大衆に提供しようとしている努力が、むだでないわけですね。そもそも、現代という時代は、大衆とテレビ局とスポンサーの三つで成り立っています。わたしたち広告業者は、その関係をいかに円滑に……」

うれしさのあまり、つい、いつもの社員たちへの訓示の口調になった。しかし、エル博士はそれをさえぎった。

「ところで、番組のあいだに入る、あのコマーシャルは、まったく目ざわりな存在じゃな」

「そんなことをおっしゃっては困ります。みなが面白い番組を眺められるのは、多くの会社がスポンサーとなって、お金を出してくれるからです。お父さんのようなとし

よりはべつとして、若い者はこの理屈をわきまえていて、あまり文句を言いません。それに、コマーシャルだって、社会に必要なものなのです」

こんどは、ＣＭの弁護をはじめた。彼は心から、その必要性を信じていた。コマーシャルこそ現代を支える力であって、もし、それがなくなったら、人びとは生活の指標を失って大混乱におちいると思っているのだ。

もっとも、これくらい自己の職業に誇りを持っていなかったら、今日のように広告界で成功することもなかっただろう。

「おまえはそういうが、わしはどうも好きになれんのじゃ。あんなものは、ないほうがさっぱりしていいと思うが」

「もちろん、なしですむのなら、見るほうにとって便利かもしれません。しかし、現代の社会機構ではそれは無理ですよ。仕方のないことでしょう」

顔をしかめながら弁解する息子に、エル博士は言った。

「その仕方のないことを可能にするのが、科学者のつとめじゃ。わしもこの別荘で、ただぼんやり暮していたのではない。社会のためになる発明をひとつ完成した。それを、おまえに見せてやろう」

「それはなんです」

「まあ、そのテレビを見ていてくれ」

こう言いながら、エル博士はスイッチを入れた。やがて、画面には歌っている若い女性があらわれた。

「あ、この番組はうちの会社で扱っているものですが、これがどうかしましたか。べつに、変ったようすもないと思いますが」

「まあ、もう少し眺めていてくれ。いまに面白いことが起る」

首をかしげながらも、父親の言うことなので、しばらくのあいだ見つめていた。そして、番組が終りに近づいた時、息子にとって、思わず声をあげずにはいられないことが起った。

「あ、これはどうしたことだ。とんでもない話だ。さっそく、テレビ局に文句をつけ、スポンサーには社員をあやまりに行かせなければ。こんな大失敗は、はじめてだ。ちょっと、電話を。会社に連絡しますから」

彼があわてたのも、当然だった。その番組が終ったかと思うと、すぐにつぎの番組がはじまり、そのあいだに入れるべく、彼の会社で苦心して製作したCMが現れなかったのだ。番組を扱った広告会社としては、今後の信用にかかわる事件だった。

しかし、エル博士は落ち着いたものだった。

「ま、待ちなさい。電話などかけるには、およばんよ。それは広告会社の手ちがいでもなければ、テレビ局の故障でもない。わしの発明したコマーシャル消し器の働きだ」

「え、コマーシャル消し器ですって……。しかし、それだけが煙のように消え失せてしまうなんて、ありうる事とは思えませんが」

「人間というものはだれでも、自分のやっていることは永久に大丈夫と思いたがるものじゃよ。しかし、科学の進歩の前には、そうはいかん。事実、いま見た通り、消えてしまったではないか。すごい発明だろう」

うれしそうに笑うエル博士とは反対に、息子は複雑な表情になった。

「た、たしかにすばらしい発明です。だけど、すばらしすぎますよ。こんな物が普及したら、困る人が続出してしまいます」

「そうかね。わしは喜ぶ者のほうが、はるかに多いにちがいないと思うが」

「それはそうですが、第一に広告会社が困ります。わたしが、まず失業してしまうでしょう。お父さんの発明のせいですよ」

と、息子は青くなった。

「いや、そう心配するな。わしだって、おまえのことを考えないわけではない。おまえは、この装置を製造する仕事をやればいい。宣伝さえ行きわたれば、売れることはまちがいない」

「コマーシャル消し器のコマーシャルを、テレビでやることになるとは……」

あまりのことに、彼は気を落ち着けようとして、話題を少し変えた。

「……お父さんも、すごい物を完成しましたね。これは、どんなしかけなんです。あまり複雑なものでは、高くついて、買う人もあまりないでしょう」

「いや、そう複雑なものではない」

「しかし、どこに消えてしまったんです、さっきのコマーシャルは」

「おまえなら、よそに行ってしゃべることもあるまい。教えてやろう。じつは、コマーシャルのあいだ、眠っていたのだ」

「眠っていたとは……」

「そうじゃ。コマーシャルの部分は、それまでの流れが中断する。それに自動的に反応し、人体に無害の睡眠電波が自動的に聴視者にあてられるのだ。番組に戻ると、その電波はとまり、目がさめるというしかけだ。これで、コマーシャルを見ないですむ」

「なるほど、そういう構造だったのですか」

彼はふと子供のころを思い出して、苦笑した。頭を下げて、父親エル博士の小言をやりすごしたのと、なんとなく似ているではないか。

そんなことにおかまいなく、エル博士は大得意だった。

「どうじゃ。これは、人びとのためになる装置にちがいないぞ。わしの計算では、コマーシャルは番組のほぼ一割の時間を占めている。これは少ないようで、ばかにできん。一日に一人が百分間をテレビに費すとして、その十分間がコマーシャルじゃ。百万人なら延べ一千万分、つまり約十七万時間が、愚にもつかん行為から解放され、休養にふりむけられるわけじゃ。どれほど喜ばれるか、わからないぞ」

エル博士は装置の効能をのべたてたが、息子は腹のなかで、これはなんとしてでも止めなければなるまいと考えた。彼の信念はべつとしても、いまの広告会社という確実な商売をやめ、海のものとも、山のものともわからないCM消し器の製造に転業するのは、どう考えても得策とは思えなかったのだ。そこで、さりげなく言った。

「わ、わかりました。有益な発明に、ちがいありません。しかし、お父さん。これには、まだ改良の余地があるように思えます。このままでは製品として、不適当でしょう」

「それはどんな点じゃ」

「つまり、コマーシャルのあいだ眠るわけですから、立っていた人は倒れる。発作が起っても、すぐ薬が飲めない」

「うむ、そういえば、ありうる話だな」

「そればかりでは、ありません。熱いコーヒーを飲みかけていた者は、カップをひっくりかえし、やけどをします。また、泥棒は、この装置をつけたテレビのある家をねらうでしょう。コマーシャルのあいだなら、簡単にしのびこめるわけです」

必死になって、この装置の欠点を思いつくままに数えあげる。

「なるほど」

「それに、いまの若い者はテレビを見ながら飲み食いするのが普通ですから、それが眠りで中断したら、あたりがよごれて大変でしょう」

「どうも行儀のわるい連中だな。しかし、そのような点を改良するとなると、なかなかやっかいだ」

首をかしげるエル博士に、ここぞと身をのり出す。

「だから、これはお父さん専用にしておいたほうがいいと思いますよ。これが世に出なければ、わたしもいまさら転業しないですみます。もうけが同じなら、なれた広告会社のほうが安心です。お父さんも、いまさらこの改良の研究をやるより、コマーシャルを見ない特権を味わいながら、テレビを楽しんで余生を送ったほうが賢明でしょう」

息子の熱心な言葉に、エル博士はうなずいた。

「考えてみれば、そうかもしれんな」

「そうですとも……」

いちおう、ほっとした。これで広告業界における無用の混乱が、未然に避けられたのだ。そして、しばらく家庭的な雑談をつづけたあと、息子は、

「では、お父さん。お元気で」

と、あいさつをし、帰っていった。

その後、息子のほうは広告業にせいを出し、エル博士はのんびりとテレビ見物に日をすごし、平穏な年月が流れていった。

やがてエル博士に、天寿を全うする日が訪れた。

「わしは、もうだめじゃよ」

こうつぶやくエル博士の枕《まくら》もとで、息子は言った。

「お父さん、元気を出して下さい。例の薬を常用なさっていれば、こんな病気ぐらいに負けることはありませんよ」

「例の薬とは、何の薬だね」

「ご存知ないのですか。だいぶ前から、テレビで大きく宣伝している、あの老人薬ですよ」

「そんな薬があったのか。わしは、コマーシャルを見ないからな」

「ああ、なんということだ。これというのも、あのコマーシャルを消す装置のせいだ。あの薬さえ毎日飲んで抵抗力をつけておけば、まだ元気でいられたのに。残念です。しかも、わたしの考えた、すばらしいキャッチフレーズをつけた薬だったのに」

「いや、いまさら残念がっても、もう手おくれじゃ。だが、おまえの作ったそのキャッチフレーズというのを、この世の思い出に聞いておこう。どんな文句だ」

「それは、あなたの老後を一割のばせる、という文句です」

「なんだ。それなら、なにも残念がることはない。同じことじゃないか。いままで見ないできた、コマーシャルの時間だ。それを見なおすなら、そのぶんだけ長生きさせてやると言われても、わしは断わるよ」

エル博士はにっこりと笑い、静かに目を閉じた。

乾燥時代

その老人の部屋は、ビルの八十階にあった。これは偶然だったが、その階数は彼の年齢に一致していた。彼は一日の大部分を、その部屋のなかで、ひとりですごしていた。

部屋の片すみの薄暗い壁で、抽象的な模様が、ゆっくりと動いている。命令すれば、すぐにニュース番組に変り、それから好みの番組にもなるのだが、隠居した老人にはとくに関心のないことだった。

金属的な鐘の音が、やさしく五つ鳴った。つづいて女の声がした。

「五時でございます。夕食を、お並べいたしましょうか」

自動式の調理機にしかけられた、録音テープの声だった。老人が「ああ」とつぶやけば、温かく栄養のある、柔らかい料理がすぐにテーブルの上に現れてくる。だが彼は、

「いや、いい」

と、答えた。すると、こんどは天井からべつな声がした。

「部屋のなかが暗すぎます。自動照明装置の、配線の故障と思われます。修理の連絡を、とりましょうか」

「いや、いい。わしが自分で、スイッチを切ったのだ。しばらく、この薄暗いなかにいたいのだ」

またべつな声がかわった。

「おぐあいでも悪いのでは。血圧を、おはかりします」

自動診断機の声だった。

「いや、いい。静かにしていてくれ」

声たちはみな、なっとくしたように、もうそれ以上は話しかけてこなかった。老人はすわっている、安楽椅子のボタンを押した。椅子はひとりでに動き、彼を窓ぎわに運んだ。いつもこのころ、老人はぼんやりと街を眺めるのだった。

同じような高いビルが、はてしなく並んでいた。むかいのビルの屋上からは、背中に小型プロペラをつけた若い二人が、手を振りあいながら夕暮れの近い空に飛びあがっていった。

それを眺めているうちに、老人は子供のころを思い出した。なんという、世の中の進歩だろう。また、自分の息子たちのことも思い出した。だが、その息子たちは、みな独立している。妻には先に死なれてしまった今では、彼はほんとうにひとりだった。

「むかしの老人たちは、どんな余生をすごしていたのだろう」

彼は、こうつぶやいた。ある時、これを調べようと思い、図書館に行ってみたことがあったが、それはむだだった。現在の社会に合わない風俗の記録は、すべて抹消されてあったのだ。

「まあ、どうでもいい。現在の生活より、劣っているにきまっている」

老人は椅子のべつなボタンを押すと、そばの壁から丸い粒が長いスプーンに乗って出てきた。ひとつを口に入れると、ゆっくり気化し、好みの味とかおりを、口のなかにもたらす。現在の生活は、なにもかもそろっている。それでいて、なにもかも、空虚な穴でできているようにも思えるのだった。

「うむ。酒が飲みたくなってきたぞ」

しかし、酒を出すためのボタンは、どこにもなかった。この部屋ばかりでなく、どこの部屋にもない。

なにもかも手に入るこの時代で、酒だけは禁止されていた。機械があらゆる分野にひろがっている時、酒の酔いによるちょっとした狂いも、大きな事故と損害をひき起す恐れがあった。理性と機械とが支配する時代。

「働きざかりの者に禁止するのなら、わかる。しかし、隠居した老人にならかまわないと思うが」

老人は安楽椅子を揺らせながら、不満そうにつぶやいた。老人に限って許すわけにもいかないのだ。そうすると、手のつけようがなく広がり、かつて大きな議論をひき起しながらも、やっと軌道に乗ってきた禁酒法が、崩れてしまう。

老人が軽く押すと、スプーンは、ふたたび壁のなかに戻っていった。彼は手の指で、乾いたくちびるをそっとなでた。

そして、やがて、誘惑を押え切れなくなったように立ちあがった。

「ちょっと出かけてくる」

出かけるという言葉を受け、声が起った。

「かしこまりました。上着と靴《くつ》を、用意いたしましょう」

壁の一部が割れ、黒っぽいマントがふわりと着せかけられ、床からは靴がでてきた。

「お乗り物は、なんになさいます」

「いや、いい。わしは歩きたいのだ」

らせん状のエスカレーターは、彼を一階まで運んだ。老人は通りに出たが、そこに人影はなかった。

通りは死の谷だった。ビルの壁の出す銀色の光が、道を明るく照らしていたが、人はひとりも歩いていない。地下の高速パイプ道路、空中の小型ヘリコプターなどのある時代に、歩く者などはいないのだ。道ばたに子供がひるま遊んだものか、変形ボールがひとつころがっていた。

彼は杖の音を響かせ、二ブロックほど歩き、あたりを見まわしながら、そこのビルの入口をくぐった。この地下にある一室が、彼のいつも訪れる秘密のクラブだった。杖の先でドアに合図のノックの音をたてると、内側からあけられ、人の声が迎えた。

「やあ、いらっしゃい。このところ、よくお見えになりますね」

と、ここの経営者の、もとは学者だったという中年の男が迎えた。

「ああ、昼間はぼんやりと、そとを眺めてすごせるがね。夜になると、自分までがからっぽになってしまったような気がしてきて、さびしくなる。しばらく前はテレビでまぎらせたが、このごろはそう見たくもない。からっぽをみたせるのは、酒ぐらいしかないのだよ」

「そうでしょうな。それとも、酒の味を覚えてから、からっぽを意識するようになったのでしょうか」

と、経営者は答えていたが、いままで飲んでいた客が帰りかけるのを見て、会話を中断してそっちに声をかけた。

「あ、お帰りになるのでしたら、もう二、三分待って、すっかり酔いをさましてからにして下さい。酒のにおいなどをそのへんで散らされては、あなたもつかまり、わたしもつかまってしまいます。そうなったら一大事ですよ。薬をお飲みになったのですから、すぐにアルコール分が抜けてゆきます」

この小さなクラブは、ひそかに酒を飲むことのできる店だった。もちろん非合法であり、つかまると処罰されるので、ここで飲み、酔うことはできても、酒も酔いも家までは持ち帰れないことになっている。

やがて酔いのさめた客は帰ってゆき、この地下室には老人と主人との二人きりになった。室内には飾りがなく、古風な机と椅子がいくつかあるだけだった。

老人は椅子に腰をおろし、主人が壁の蛇口からついできたグラスの酒を、少しずつ飲みながら言った。

「なあ、ご主人」

「なんでしょう」

「あなたも、変った仕事をはじめたものだね。こんな危険な商売など、やりそうな人に見えないが」

「はい。わたしは、酒を売ってると思ってはおりません。乾燥した社会に、水をまいているつもりです。もちろん、秩序を乱してまで、もうけるつもりはありません。そのため、若い人や、機械の操作に直接従事している人は、店にお迎えしません。ですから、良心の呵責《かしゃく》も感じませんよ」

「ところで、前から聞きたかったことだが……」

「はい。あなたは昔からの会員で、口がかたいお人柄と知っております。きょうは、ほかにお客もおりません。お聞きになれば、お答えしましょう」

「ありがとう。ふしぎでたまらないのは、どこで酒を造っているのかだよ。取り締りはうるさいし、警察の捜査は水ももらさない」

「ええ、ほかにも、酒を飲む所はあったようですが、いまでは、まったくなくなりましたね」

「だが、ここだけは、一度もふみこまれない。それに、いつ来ても、よそでは飲めないような上等な酒が、品切れになることなく用意されている」

「警察の捜査は、酒を造る所と運搬に重点が置かれています。だから、造る所が全滅し、運搬の調べがうるさくなると、よその店はやってゆけなくなるのです」

「それが、なぜここだけは別なんだね。ふしぎでならないよ」

「そうでしょうね。ここでは蛇口をひねると、いつも酒が出てきます」

主人は壁の蛇口をひねり、流れ出る酒をコップに受けた。快い音が、しずくとともにひびいた。主人はそれを、老人の前にさし出した。

「なるほど。パイプで運んでいるわけか。それなら、見つからないな。しかし、地下に配管工事をするのは、とても個人の力ではできない。それに、まだ酒を造る所が残っているとも、思えない。むりにとは言わないが、わしはそのパイプのもう一方のはじが、どこにつながっているか気になってならないよ」

「お口のかたいことは、わかっております。お教えしましょう」

「そうか。ぜひ聞かせてほしい」

主人は、少し声を低くして言った。

「過去へですよ」

「えっ、過去だって。まさか」

「はい。ゆうゆうと酒を造れる所など、この社会のどこにも、もはや残っていません。だからこそ、警察も安心しているのです。しかし、やつらも、まさか過去とは気づかない」

「そんなことができるとは、わしは考えてもみなかった」

老人は手のグラスをしげしげと見つめ、首をかしげた。主人は、その疑問の説明をはじめた。

「わたしがかつて学者だったことは、知っておいででしょう。わたしは当時、時間についての研究をしていました。そして、ひとつの理論をくみ立てたのです。昔は空想にすぎなかった過去へ行くということが、じつは可能なのです。しかし、変った理論というものは、いつの世でも排斥されます。それとも、こんな研究は現代のためにならないと、判定されたのかもしれません。その地位を、やめさせられてしまいました」

「なるほど」

「しかし、わたしはその理論が、かわいくてならない。また、現代に反逆してみたくもあって、その理論にもとづいて、ひとつの装置を完成しました。タイムマシンです」

「本当に、できる物だったのかね」

「事実、完成したのです。わたしはそれに乗り、何度か遠い過去に行き、ひとり楽しみました」

「それだけは困ります。へたなことをして、過去を変えてはいけないのです。わたしなら、どんなことはしてもいい、どんなことはしてはいけない、の区別がつきますが、ほかの人にはそれができません。たとえば、不用意に落した回想イメージ映写機が、過去の人の手に渡ってごらんなさい。いまでこそ、だれもが使っている品ですが、昔はそんな物など、なかった。過去でそれが普及してしまったら、歴史が大きく変ってしまうでしょう。あなたもわたしも、そのとたんに消えてしまうかも……」

「よくわからんが、そういうことも起るかもしれないな」

老人はうなずきながら、グラスを傾けた。

「わたしは遠い昔に行き、自動的に酒を造る装置を置きました。この場所も、そのころは山奥です。濃い緑と、新鮮な空気のなかで、静かに造られている酒なのです。そこから、時間のなかを通じるパイプで送られてくるのです。この酒がよその合成の酒とちがうことは、おわかりでしょう。ほんとうはそれをお話しして、みなさんに味わってもらいたいのですが、そうもいきません。残念です」

「いや、聞かせてくれて、ありがとう。わしの心のからっぽをみたしてくれるのも、そのせいかもしれない」

「行ってみたいな」

老人はもう一杯をたのみ、グラスの液体のなかに、過去の幻でも見つけだそうとするかのように、じっとのぞきこんだ。そして、目をつぶってにおいをかぎ、口に入れた。舌の上で、なでているようなようすだった。

「ご満足ですか」

「ああ。いま思いついたことだがね、その装置を昔の人がみつけたとしたら、どうなんだね。やはり過去が変り、歴史が変ってしまうではないか。その心配はないのかね」

「もちろん、それは考えました。だから、その場所で数年ぶんタイムマシンを動かし、そのあいだはだれも近よらないのを確かめて、装置を置いたのです」

「それなら、大丈夫なわけか。ああ、もう一杯くれないか」

老人は、いつになく飲んだ。主人はグラスを蛇口の下に持ってゆく。時間を越えてパイプで運ばれてくる酒は音を立てて流れでていたが、そのうち主人が声をあげた。

「おや、これはどうしたというのだ」

液体の流れが、ふいに止まってしまったのだ。彼は手をかけて、蛇口をゆすってみた。だが、しずくが二、三滴たれただけだった。それを見つめているうちに、主人はまっさおになった。

「どうしたんだね。原料がつきたのかね」

と老人が聞いたが、主人はあわてた声で答えた。

「原料は、まだ充分あるはずです。これは途中で、パイプがこわれたにちがいない。ほってはおけません。すぐ、なおしに行かなくては。待っていて下さい」

主人は入口のドアの内側に鍵をかけ、留守中に入ってくる者がないようにした。老人は、すがりつくように頼んだ。

「なあ、わしも連れてってくれ。ちょっとでいいから、過去をのぞきたいのだ。きみがいっしょなら、大丈夫だろう。わしは現在の生活に満足感を持ちたいから、過去の哀れな生活を見たいのだよ」

その熱心さに、主人はついに負けた。

「まあ、いいでしょう。しかし、これ一回きりですよ。さあ、急ぎましょう」

主人は老人をうながし、となりの部屋に入った。そこには丸い銀色の装置があった。主人はその扉《とびら》をあけ、二人はそれに乗った。

「これがタイムマシンなのか」

「ええ、説明はあとにしましょう。急がないと過去が大きく変りはじめるし、わたしも大損害です」

かすかな機械のうなり声が、内部にみちた。主人はメーターのようなものの動きを注意ぶかく見つめていたが、ふいに装置を停止させた。機械の音も同時にやんだ。

「このへんのようです。この時代でパイプにひびが入り、もれているようです。さあ、出て修理しましょう」

主人は先にたっており、地面にかがみこんで、せわしげに複雑な道具を動かしはじめた。しかし、老人は目の前に展開する、過去の光景のほうに見とれた。

聞いたこともない音が、耳をついた。だが、まもなく、それがセミの鳴き声であることを知った。季節は夏。緑の葉をいっぱいにつけた林。そのあいだを白いチョウが、ひらひらと舞っていた。草いきれ。水の流れる音。

そばを小さな川が流れ、その遠くにはワラで屋根を作った家があった。よごれたような古い家。

その時、老人は人影をみつけ、主人に注意した。

「人がいるようだよ」

「なにをしています」

「ふしぎそうな顔をして、川の水をくんでいる」

「えっ、それはいかん。へんに好奇心を持って、その原因を探究しはじめたら、やっかいだ。パイプの修理は終ったが、とんだことになった。どうなるか、あとをつけてみよう」

二人はあとをつけた。酒をくんだのは、身なりのみすぼらしい若者だった。二人はそれを奪いかえすわけにもいかず、見えがくれについて行くしかなかった。若者はやがて、ワラぶきの家に入った。

物かげにひそんでいる二人に、話しあう声が聞こえてきた。

「お父さん。ほら、お酒だよ」

「しかし、そんな金はないはずだ。どこで手に入れたのだね」

「なんとかして、お父さんの好きなお酒を手に入れたい。考えながら歩いていると、いいにおいがしてきた。そこで滝のそばの水をくんでみると、お酒なんだ。さあ、とてもいい味だよ」

そっとのぞいてみると、くまれた酒はすべて飲まれてしまったようだった。二人はそれを見とどけ、タイムマシンに戻った。

「まあ、あれぐらいなら、大丈夫だろう。問題の酒はすべて飲まれ、残っていない。それに、川を調べても、もはや酒は流れていない。たいしたこともなく済んで、なによりだった。さあ、戻りますよ」

主人は装置を動かし、時間のなかを未来にむかった。

ふたたび地下室に戻った二人は、ほっとした表情で、蛇口から流れはじめた酒を飲みはじめた。

「まったく、あわててしまいましたよ。ああ、のどがかわいた」

と主人が言ったが、老人は考えこんだ顔つきになっていった。過去の美しい自然が、眼に焼きついている。それに、あの親子たち。いまごろは、なにを話しあっているのだろう。

老人はぼんやりとグラスに目をやり、少しずつ飲んだ。そしてつぶやくように、

「楽しそうだったな」

「ええ。喜んでいたようです。わたしの造った酒ですから、あのころの連中にとっては、神の酒のように思えたでしょうよ」

「しかし、あの事故は、歴史に残ったのではないだろうか。わしはあす、図書館へ行って調べてみたくなったよ。珍しい現象と記録されていないかな」

「おやめなさい。へんに怪しまれては、つまりません。それに調べてもむだですよ。

歴史の記録のなかから、むかしの風習や道徳、酒などに関するものは全部けずり去られているはずです」

「ああ、そうだったな。では、わしはそろそろ帰るとしよう」

老人は、出された酔いをさます薬を飲んだ。酔いはさめていったが、頭に残った光景は消えなかった。これから、夜に目がさめた時には、いつも思い出してしまうことだろう。

酔いは、すっかりさめた。老人はあけてもらったドアから外へ出た。そして、水の流れていないビルの谷間をひとりで歩き、機械と装置の林のなか、テープの鳴き声の待つ部屋に帰った。

囚　人

青空が、大地をやさしく抱きかかえているような朝。空のところどころには、白い雲がぬぐい残されたように浮いている。初夏の日光はすがすがしい空気のなかを、休むことなくふりそそいでいた。

ここは刑務所の屋上。高い塀のそとには山塊のようなビルの群がみえ、その上をモノレールの軌条が網の目のようにおおっていた。それを伝って車両の走るのが、かすかな響きをともなっていた。

機関銃をかかえた体格のいい看守は、この刑務所のただひとりの囚人に声をかけた。

「おい。きのうから、熱心に本を読んでいるじゃないか」

寝椅子のうえにパンツ一枚になって横たわり、本を読みつづけていた囚人は、ページから目をはなして答えた。

「ああ。本でも読まないことには、退屈で、どうしようもないものね」

「なんの本なんだ」

「脱獄をあつかった、犯罪小説だよ」

「面白いか」

「まあ、面白いと言えるだろうな。いまのわが身にひきくらべて見ると、なんともいえない妙な気分に、なってくるぜ」

「どうだ。やってみたくならないか」

「ああ。できるものなら、やってみたい。だけど、そのためには、小説に書かれているころの刑務所と、すべて同じ条件にしてくれないとね。第一、独房の錠が内側にとりつけてあり、その鍵をおれが持っているなんて、むかしの人、いや、このあいだまでの人にとっては、笑い話だったろうな」

「そうなれば、脱獄する意欲がでてくるのか」

「それだけではない。おれが、なにか罪を犯して、ここにいるのでなくてはな。夜になると、いつも考える。以前にここに入れられていたやつらは、どんなに外に出たがっていたかと。そして、そんな気になってみたくなる。だが、だめだな」

「それはそうだろう。建物や部屋の錠を全部そと側につけなおすことは、出来るものではない。また、おまえを犯罪者と呼ぶこともできない。けっきょく、脱獄は不可能ということになるな」

「まったく、変なことになったものだ。犯罪者でもない者が、刑務所のなかにいる。そして、きみたちは脱獄の警戒をしないばかりか、内心ではしてほしいと祈っている。しかし、おれは出ていかない。なれてはきたものの、変なものさ」

囚人はこう言ったが、看守は答えなかった。囚人は、小説のつづきを読みはじめた。

時間が流れ、太陽は真上ちかくにその位置を移した。

どこからともなく、人の呼びあう声がこの刑務所に近づいてきた。

「おい。いつものように、またやってきたぜ」

と、看守は緊張をとり戻した声で言い、囚人はページを折って本を閉じた。

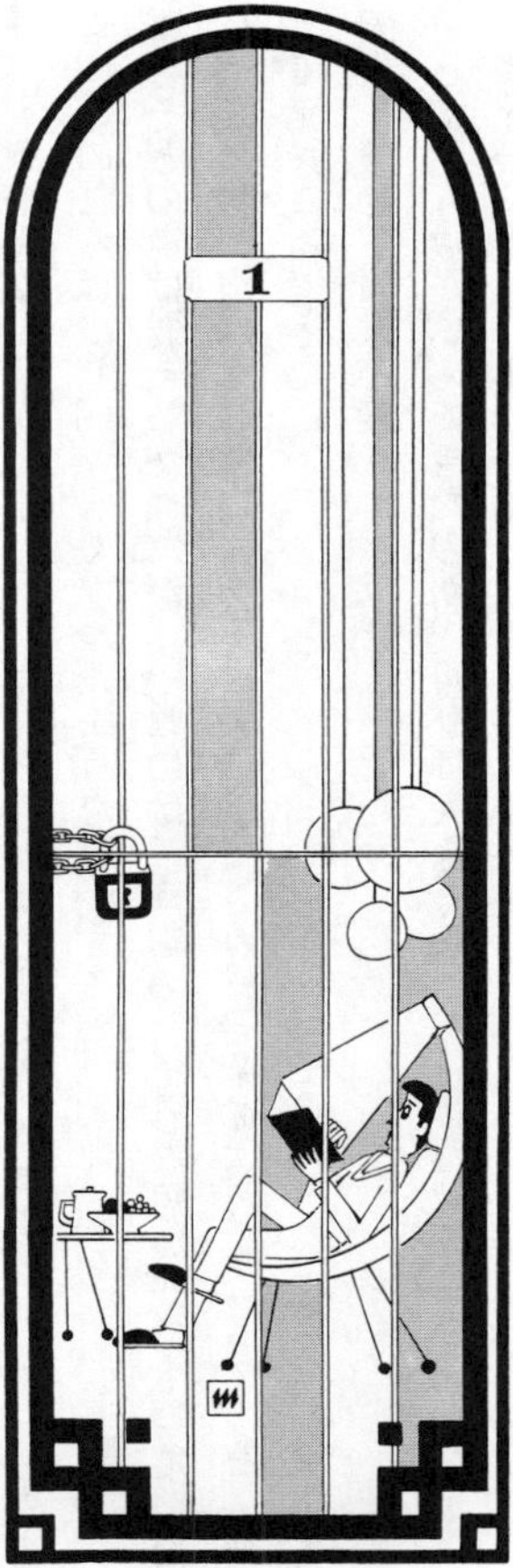

「あ、もうそんな時間か。また、いやな日課がはじまるのだな。あの、やつらの叫び声も、このごろは少し弱々しくなったような気がする」

塀のそとの声は弱々しかったが、それには、うらめしそうな思いがこもっていた。ばらばらの叫び声は、しだいにある言葉に統一され、合唱のようになって、高い塀を越えて流れこんできた。

「囚人を渡せ。囚人を渡せ」

そして、人数がふえてきたのか、叫びは大きくなっていった。それを聞きながら、囚人は看守に話しかけた。

「このあいだ読んだ昔の小説に、これとそっくりの場面があったぜ。人びとが、犯人を引き渡せ、と保安官に迫るのだ。そのころは、本当にあったことらしい」

「おれも、映画で見たことがある。同じような光景だ。だが、ただひとつ、ちがう。リンチは悪への復讐《ふくしゅう》だが、きみは悪と無関係。ただひとつといっても、これは大きなちがいだ」

塀のそとの群衆は、ついに全部をとりかこんだらしく「渡せ、渡せ」の声は、どの方角からも押し寄せてきた。

サイレンが鳴りひびき、刑務所の看守たちは配置についた。各所にある塔の上にのぼり、機関銃を手にして万一に備えた。やがて、高い塀を越えて、小石がばらばらと投げこまれてきた。そのうちのひとつは建物の窓ガラスに当り、こなごなに砕いた。

「きょうは、少し手ごわいようだな」

「ああ、やつらは、日ましに絶望的になってくる。考えれば、むりもないがね」

囚人と看守はこう話しあい、塀の上に目をやった。そこには、よじのぼってきた、何人かの頭が見えた。塔の上の拡声器はそれにむかって、警告の言葉をいかめしい声で告げた。

「みなさん。戻りなさい。塀を越えるな。警告します。もし、塀を越える者があると、ただちに射殺されます」

看守たちの機関銃の照準は、塀を狙《ねら》っているが、まだ引金はひかれなかった。塀の上の人影の動きには、一瞬ためらいがあった。しかし、外側からの応援の声も、高まっていた。

「囚人を奪え。われわれの熱意を、示してやるのだ」

それに応じ、塀の内側に飛び下りる者がではじめた。その侵入者たちは、数歩と歩けない。そのたびに機関銃はいっせいに発射され、やせおとろえた連中のからだを、死体に変えた。

囚人は、そばの看守が二人ばかり倒したのを見て、銃声の絶えまに話しかけた。

「命中したな。引金をひく時に、どんな気持ちがする。やつらだって、べつに悪人ではない。その筒先を、こっちに向けたくはならないかい」

「もちろん、いつも、そうは考えている。一方、心のなかに、それを許さないものがある。良心というやつだろうか。それとも、秩序をまもる義務感だろうか。自分でも、わからん。とにかく、塀を乗りこえたやつらを射つのには、そうためらいは感じない。妙なものだ」

「塀を越えたとたんに、悪人になるのか」

「そうなるだろうな。やつらは警告を無視した。たいした悪とも思えないが、きみにくらべれば悪だ。きみはなにひとつ、悪と呼べることをやっていないからな。時どき、きみが、なんでもいいから悪をやってくれないかと思うよ。機関銃を奪っておれを傷つけるとか、いっそ殺すとかね。あの群衆のなかには、おれの友人や親類もまざっているだろう。そして、いまにもそいつらが、塀を越えてくるかも知れないんだぜ」

会話がしばらくとぎれ、銃声がそれにかわった。塀の外の叫び。銃声。

囚人はしばらくそれに耳を傾けていたが、やがて、考え抜いたような調子で言った。

「おれだって、何度もそう考えた。つまり、自殺すべきなのかな。おれが自殺さえすれば、なにもかもうまくゆく。それは、よくわかっている。だけど、どうしてもそれができないんだ。いざとなると、命とは惜しいものだぜ」

「当り前だ。きみだって、外のやつらだって、その点は同じことさ」

「とても、自分ではやれはしない。きみがふいに気が変って、銃を向けてくれるのを待っている。そうなれば、いやおうなしに死ねるからな。ちょっと、やってみないか」

「できないね。さきに反抗でもしてくれない限りは。法律と職務に従うのが、おれのつとめだ。いや、従うように、いつのまにか出来あがってしまった。としておくのが、いいだろう」

「法律を改正する動きは、ないのかい。法律ができ、おれが死刑になるのなら、これも、いやおうなしだ」

「その動きは、ある。しかし、成立は、むりだろうな。内心では望んでいても、それを主張する者がいないのだ。いかに公衆の利益のためとはいえ、罪のない人間を殺すことが許されないぐらい、だれでも知っている。塀のそとのような群衆としてなら言えても、責任ある立場の者は口が裂けてもだな」

「そうかな。公衆のためなら、罪のない人間のひとりや二人殺したって、べつにかまわないと思うがな」

「そうはいかん。罪がなくても、きみが、悪質の伝染病にかかっていて、存在自体が危険という状態なら、あるいは殺す法律も通るかもしれない。しかし、きみは健康そのものだ。健康すぎる人間だ」

「人間と考えるから、そうなんだ。おれを犬かモルモットのように、べつな動物と考えたらどうだ。それなら、死刑にしようが、どうしようが、かまわないだろう。おれは何度も、自殺しようとした。だが、自分では死ねないんだ。殺してくれないことには」

「なるほど、いまは、モルモットとも呼べるかもしれない。しかし、すぐにそう呼べなくなる」

「なんということだ。いっそ、あの時、あの事故で死んでしまえばよかったのだ……」

囚人は言葉を止め、目をつぶり、その当時のことを回想しはじめた。真上を過ぎた太陽は、日ざしを強め、彼の少し緑色がかった皮膚を照らしつづけた。

その突然の事故は、しばらく前に電波研究所で起ったのだった。

平和がつづき、人口の増加が予想を上まわる速度だったので、全世界は食料の不足を訴えていた。人びとは飢え、合成食料の研究が最大の課題となり、その成功が待たれていた。多くの研究所はその専門に応じて、あらゆる方面から手をつけていたのだ。囚人となる前の彼は、電波研究所の技師のひとりだった。各種の溶液の化学反応を促進させるため、いろいろの波長の電波を照射するのが研究題目。成功すれば、溶液は連鎖反応を起して化合し、短時間のうちに食料と呼べる物質に変る。

しかし、なかなか成功の日は訪れず、反対に、のろうべき事故の日が訪れた。配電盤の故障によって、不意に流れた強力な電流は電波と変った。そして、その電波は溶液に対してでなく、彼のからだに照射された。

それ以来、彼のからだに変調が起った。飛び散った装置の部品の下から助け出され、気がついてみると、皮膚が緑色がかったものに変化し、また食欲がまったくなくなっていた。

しかし、食欲がなくなり、食事もとらなくなったにもかかわらず、彼の体力がおとろえることはなかった。鉱物質の溶けた水を飲むことと、日光に当るだけで、体力が維持される体質に変っていたのだ。

「成功だ」

「偶然とはいえ、この結果を得られたことは喜ばしい」

関係者はこう語りあい、この現象を再現させるべく研究をつづけた。しかし、偶然をもう一度再現させることは、できなかった。どの波長を、どのくらいの強さで、どう照射したらいいのか、少しも見当がつかなかった。それは、偶然の起る前と同じことだった。

多くの人が進んで、その試験台にあがった。こんどこそ、再現できるだろうと。しかし、その期待は、そのたびごとにゼロか死でむくいられた。効果がまったくないか、電波が強すぎて死んでしまうか。

もちろん、彼のからだも厳重に検査された。しかし、ふつうの診察方法では、その葉緑体類似の物質が、体内のどこで分泌されるようになったのかは分らなかった。

生理学、医学の関係者は、そろってこのような報告をした。

「わかりません。この上は、徹底的に解剖し、すべてをばらばらにして調べない限り、どこに問題があるかの発見は、できません。それが許されれば必ず……」

機関銃の発射音が高まり、コンクリートの塀に弾丸のはねかえる音もした。

彼はその報告がマスコミに伝わる寸前に、警官隊にまもられ、この刑務所に収容された。それ以来、ここにいたほかの囚人はよそに移され、彼はここのただひとりの囚人となったのだ。

そばの看守は、また勢いよく銃を鳴らした。囚人は、それに話しかけた。

「おい、やめろよ。やつらの侵入に、まかせてみよう。おれは、自分では死ねないが、やつらに殺されるのなら死ねるだろう。人間でない者のために、きみたちと外のやつら、人間どうしが戦っているのだ。さっきも言ったように、おれは人間ではなくなっているんだ」

看守は引金をひくのをしばらくやめ、それに答えた。

「きみはそう言うがね、きみを殺し、解剖し、すべてが判明したらどうなる。みなが緑色がかった皮膚を持つ人間になった時を、考えてみろ。それが標準的人間に、なってしまう。自分たちのために、自分と同じ罪のない人間を殺したことになるぜ」

「それでは、いかんのかね」

「いかんだろうな。それからの社会を、なんで維持してゆけばいいんだ。法律かい。しかし、罪のない人間を殺すことによってできた新しい社会で、どんな法を作り、守らせようと言うんだね。目的さえあれば無実の人間を殺してもいいという道徳や法律では、だめだよ。すべてが、めちゃくちゃだろう」

また銃声が起り、塀の下にはやせた死体の数がふえていった。

「方法なしか」

「強い説得力のある思考体系の出現を、待つしかないね」

空に爆音が聞こえ、ヘリコプターが高度を下げてきた。そして、小さなパラシュートをつけた包みを投げ、一段と高まった群衆の叫びから逃げるように、空高く戻っていった。

「なんだ、あれは」

「おそらく弾薬だろう。食料の補給なら、昼間はやらないからな」

その言葉で、囚人は話題を移した。

「食料か。なつかしい言葉だが、おれにとっては忘れかけてた言葉だ。空腹とか、味わいとか、満腹とかいう気分の話でも、してくれないか。それを知ってたころが、なつかしくてならない」

「いや、その話だけは、しないでくれ。内心の、ただひとつのやましさだ。そとの人びとは飢えに苦しんでいるのに、看守だけは充分な食料が与えられている」

「食料に縁のないのは、そとの連中とおれということになるな」

「そとの連中のことを考えると、食事をするのが罪悪に思えてくる。食料を送ってくれなければいいのにと思う。だけど、看守たちに変な気を起させまいと、法と秩序と正義をまもるため、充分すぎる食料が送られてくるのだ。食わなければいいんだろうが、腹がへり、前に食料があると、どうにもならない。情ない話だが、それを押える力は人間にそなわっていないらしい」

「情ないのは、おたがいのことだ。おれに自殺ができないのと、同じだろう。生命への執着、食欲。つまらないものが、人間にはとりついていやがるな」

囚人と看守は顔を見あわせ、悲しげな笑いを示しあった。

塀のそとのさわぎは、少しずつ静かになっていった。囚人は、それに気づき言った。

「やつらは、帰ってゆくようだな」

「ああ、さっきのヘリコプターを見て、弾薬が補給されたことを知り、きょうの侵入をあきらめたのだろう」

「そうなっても、これで終りではないからな」

「ああ、あしたになると、また集り、押しよせ、何人かは塀を乗り越えることを試みるだろう」

銃声は止み、そとの叫びは遠ざかっていった。西の空では傾きかけた太陽に、薄い雲がかかりはじめた。看守は放心したようにそれを眺めていたが、やがて言った。

「日がかげりはじめた。きみも、そろそろ部屋に戻ってもいいだろう」

「ああ」

と囚人はガウンをはおり、読みかけの本を抱えて立ち上った。

「あ、忘れ物があるぜ。独房の鍵を忘れている」

「きみが持っててくれ。おれが持ってても、どうせかけはしないんだ。できたら、今夜おれが眠っているあいだに忍びこんで、おれの首でもしめてくれ」

「しようがないやつだな。できるくらいなら、とうの昔にやっているよ」

看守は鍵を拾い、囚人のガウンのポケットに押しこんだ。

いつもと変らぬ一日が終り、夜のけはいが静かにひろがりはじめてきた。

白昼の襲撃

自動車が軽いうなりを残して、滑るように地平線に去っていった。それを見送りながら、エル氏はつぶやいた。

「さて、ひと休みするかな……」

いつも午後のこの時間になると、しばらくの間お客がとだえてしまう。店に戻った彼は、なにげなく窓ごしに外を見た。熱気をおびたアリゾナの太陽のもとに、乾ききった砂漠がひろがり、少しはなれてごつごつした岩山がつづいている。それはここ十年あまり、見なれ、見あきた風景だった。

エル氏は砂漠を横ぎるハイウエイのそばで、小さなガソリン・スタンドを経営していた。もっとも、そのほかに酒もいくらかそろえ、簡単な食事もできるような店がまえに作ってある。通りすぎる自動車の大部分はここで一休みしていってくれるので、確実な、のんきな商売だった。

しかし、エル氏は見なれたその風景のなかに、さっきから、いつもとちがったなにかを感じとっていた。風景ばかりでなく、この店のなかにもだ。病気にでもなったのかと思った。しかし、そのなにかは彼の体内ではなく、からだのそとにたちこめているようだった。

それを追い払うため、そばのテレビのスイッチを入れてみた。

画面のニュースは、都会で発生した催眠ガス強盗団といった、あまり変りばえのしない事件を報道していた。チャンネルを切りかえるにつれ、化粧品会社のコマーシャル、けだるい女性歌手の歌など、いつものような映像がつぎつぎとあらわれた。だが、相変らず彼のまわりにただよう、異様な空気はつづいていた。

「温度のせいだろう。きょうは暑さが特にひどい。まあ、そのうち自動車が停り、お客が入ってきてくれる。そこで冗談でも言いあえば、気も晴れるだろう」

エル氏はこう期待して、窓からハイウエイを見渡したが、赤っぽい砂漠の上に白く延びている道に、車の影は見あたらなかった。

そして、なにげなく岩山のほうに目を移した時、エル氏は見なれない物を見つけ、首を振った。煙。それは断続して立ちのぼる煙のように見えた。わきあがる雲のようでもあったが、この地方にあんな雲は出ない。

しかし、見なれないといっても、エル氏は前にこれと同じものを見ていた。ただし、映画やテレビのなかでだ。西部劇のインディアンがあげる、のろしだ。しかし、この現代にそんなことはありえない。

彼はしばらく考えたあげく、気象学者の一行でもいて、気流を調べているのだろうと結論した。そういえば、この地方に人工雨を降らせる実験について、ニュースを聞いたことがあったような気がする。まったく、たまには雨でも降ってくれればいい。

その時、エル氏を呼ぶ声がした。

「ねえ、ビールを一杯、飲ましてくれよ」

エル氏はふりむいて、その青年に答えた。

「やあ、いらっしゃい。話し相手が欲しかったところだ。ところで、先生は相変らずかい」

この店からほど遠くないところに、エフ博士が研究所を持ち、この青年は、そこで働く助手だった。研究所といっても小さなもので、助手もこの青年ひとりだ。

「ああ、このところ、ずっと研究室に閉じこもりきりだ。先生はそれが好きなんだからいいが、こっちはかなわないぜ。娯楽といえば、この店に来てビールを飲むことぐらいだ」

青年に、エル氏は聞いてみた。

「いったい、先生はなにを作っているんだね」

「空中ボートとか言っているがね。なにしろ、すべて秘密だ。ぼくは命ぜられる通りにコイルを巻き、ネジをまわす。もっとも、機械にくわしいわけではないから、設計図を見せられてもわかりっこはない。博士も、そこが気にいったらしい。へんな話だがね」

「それにしても、あんたもよく、こんな退屈なところで辛抱できるね」

「まあ、仕方ない。報酬がいいし、それにまもなく完成だそうだ。また、完成したら第一に乗せてもらおうと思っている。新発明のものに最初に同乗でき、科学の歴史に名が残るというのは、ちょっとした魅力じゃないか」

「それはそうだが、乗せてくれるのかい」

「大丈夫だろう。ちょっと細工をしておいたから、博士だけでは行けないよ」

エル氏は青年と話しつづけたが、さっきからのあの異様な感じは消えなかった。ひとつ、青年に聞いてみるかな。そう思った時、店のそとに目を疑うようなものを見いだし、それを先にたしかめることにした。

「おい。ちょっとあれを見てくれ。なんに見える」

ふりむいた青年は答えた。

「馬にまたがり、拳銃《けんじゅう》を腰にした、薄よごれた中年の男に見えるが、ちがうかい」

「その通りだ。だけど、いまごろ、あんなかっこうをしているなんて変じゃないか」

「それは変だが、世の中には酔狂なやつがいるものさ。高速の車が走りまわると、馬にまたがりゆっくり進みたくなる、あまのじゃくだって出るだろうよ。それとも、映画のロケかもしれない」

青年は事もなげに言って、ふたたびビールを飲んだ。エル氏はうなずいた。ロケなら、つじつまがあう。さっきは驚いた岩山ののろしも、映画にとり、テレビでとなれば、なんということなく見すごしてしまうものなのだ。

安心したエル氏は、馬から下り店に入ってきた男に声をかけた。汗くさいにおいが、鼻に迫ってきた。

「いらっしゃいませ」

しかし、よごれた服のその男は、あたりを見まわしながらこう答えた。

「へんな建物を、おったてたものだな。こんなの、はじめて見るぜ」

「そうですかね。このハイウエイの道ばたには、同じような店がいくつかあるはずですがね」

「まあいいさ。ウイスキーさえあれば。さあ、早いとこ、ついでくれ」

エル氏はグラスにつぎ、男はそれをあけた。青年は、この男に話しかけることに興味を抱いた。

「ぼくは、この近くにいるエフ博士の助手をしている者です。あなたは、どこの映画会社なのですか。失礼ですが、あまり見かけませんね」

男はウイスキーをさらにあけ、首をふった。

「映画だと……」

「あ、それではテレビのほうですか」

「おい、若いの。さっきから、なにを話しているんだ。テレビだなんだと、変な言葉を使いやがって。おれがしばらく山を歩いていたからといって、ばかにするな」

「だけど、テレビの話をして、どうしていけないんです。どこにだってある物でしょう」

と青年が指さしたテレビにむけ、男はやにわに拳銃をひき抜き、ぶっぱなした。あまりのことに、エル氏はきもをつぶした。

「お客さん。拳銃なんかぶっぱなされては、困りますよ。高価な品じゃないけど、弁償してもらいますよ」

だが、男はあやまりもしなかった。拳銃をふりまわしながら、

「なんだ、あんな箱なんかで、けちけちするな」

「いいかげんにして下さい。ハイウエイ・パトロールに連絡しますよ」

エル氏は電話機に手を伸ばしたが、それに届く先に電話機も弾丸で砕かれた。エル氏と青年は恐怖の目を見あわせた。この男は、なんなのだ。しかし、男は拳銃をおさめ、笑い声をあげた。

「まあ、そんな顔をするな。こわした品は、弁償してやるさ。なにしろ、やっと金鉱を見つけた。さんざん山を歩きまわったあげく、ついにすごい金鉱をだ。どうだ」

こう言いながら、腰の袋をはずし、鉱石をカウンターの上にあけた。それは金色の粉を含んで、きらきらと輝いていた。

「お客さん。これを、どこで見つけたんです」

「おっと、それを言うわけにはいかんな」

エル氏は岩山の上であがった煙が、この男と関係があるように思えてきた。鉱脈の調査のため、火でもたいたのだろう。ロケの人と勘ちがいをしたため、どうも話があわなかったのだ。

「なるほど、鉱物の調査のかたでしたか。しかし、そんな服装でとは、また凝った趣味ですね」

「なんだと。おれの服のどこがおかしい。よごれてはいるが、普通だぜ。おまえらのほうが、よっぽど変だぜ」

男の口調は、冗談ではなかった。エル氏は話題を変えたほうがよさそうだと、ウイスキーをつぎ足しながら、こう言ってみた。

「まあ、気にさわったら、かんべんして下さい。ところで、あの煙は、あなたがあげたのですか」

「煙だと。そんなものは知らん。どこだ」

男の顔色は、少し変った。エル氏は、窓の外を指さした。

「ほら、あの岩の上ですよ。わたしは、お客さんの仲間かと思いましたが」

「いかん。みつかったらしい。じつは、あそこはアパッチの領分なんだ。そっとしのびこみ、やっと金鉱をみつけたのだが、まさか、こう早くばれるとは思わなかった。こうしては、いられないぞ」

エル氏は、わけのわからない気持ちだった。

「まあ、落ち着いて、静かにして下さい。アパッチなどが、くるはずはありませんよ。お客さんはこの暑いなかを通ってきたので、少し頭が疲れたのでしょう。少し休みなさい」

男は、それに耳をかさなかった。

「なにを、のんきなことを言う。やつらに襲われたら、ひどい目にあうぞ。戦うか、逃げるかだ。三人では勝ち目はない。巻きぞえにして悪かったが、早く逃げたほうがいいぜ」

「ばかばかしい。いま鎮静剤をあげますから、それを飲んでからにしたらどうです」

「頭のおかしいのは、おまえたちのほうだ。殺されたければ、勝手にするがいい。しかし、おれはごめんだ。せっかく金鉱をみつけたのに、殺されてはたまらない」

男は、勢いよく店から飛び出していった。青年は、やっとエル氏に口をきいた。

「やつは、なんでしょうね。やはり、少しおかしいんでしょうか」

「ああ、そうとしか思えない」

すると、男は馬の鞍《くら》から銃を外し、かけもどってきた。

「とても逃げられぬ。もう、あんなに近づいてきた。たてこもって、戦うほうがいい」

「お客さん、しっかりして下さいよ。そんな骨董品《こっとう》の銃を持ち出して、遊ぶなんて。いい年をして、おかしいでしょう」

エル氏はこう言いながらも、窓の外への興味は消えない。ふいに何頭かの馬の足音と、かん高い奇声が遠くから聞こえてきたのだ。そして、何回まばたきをしても、その弓をふりまわしながら近よってくるのは、インディアンにちがいなかった。

エル氏は現実とは思えなかったが、男が銃の先でガラスを割り、発砲し、相手のひとりが馬からころげ落ちるのを見て、万一の用意にとカウンターの下の拳銃を手にした。

「ぼくは研究所へ戻って、ハイウエイ・パトロールに電話しましょう」

青年はそう言ったものの、それが実行不可能なことを知り、床《ゆか》に伏せた。インディアンの何本かの矢が窓ガラスを割り、あたりに音をたててささりはじめた。

「おい、ぼやぼやしていないで、おまえもうったらどうなんだ」

男は銃でねらいながら、どなる。エル氏は仕方なく、物かげから拳銃を発射した。しかし、本気になれないせいか、拳銃のため届かないせいか、腕が下手なせいか、エル氏によってはひとりのアパッチも倒れなかった。

一方、男は必死にうちつづけ、アパッチたちはいちおう引きさがっていった。

「帰っていきましたよ。しかし、これはいったい、どういうわけなのです……」

エル氏は言いかけたが、すぐにやめた。男が胸に矢を受け血を流し、床の上に倒れて苦しんでいたのだ。

「やられた。もうおれはだめだ」

「しっかりしなさい。あ、医者を呼ぼうにも、電話はこわれている」

「まだ電話だなど、わけのわからんことを言う。まあいい、これもなにかの縁だ。せっかく長い間かかってさがしあてた金鉱だが、死ぬのでは用がない。おまえさんに場所を教えてやるぜ。しかし、やつらはまもなく戻ってきて、この家に襲いかかるだろうから、おまえさんたちも助かるまいがね……」

男は苦しげに口を利き、エル氏の耳にとぎれとぎれに話し終ると、がっくり首をたれた。

「死んだ」

「とにかく、警察にだけは、報告しなくてはならないでしょうね」

エル氏も青年も、いつまでも顔を見合せてはいられなかった。またしても、馬の足音と奇声。のぞいてみると、アパッチが数をまして近づいてきたのだ。しかし、すぐには襲いかかってこなかった。店を遠まきにして、馬でかけまわり、火矢を射かけてきた。

「とんでもないことを、はじめやがった」

エル氏は思いきって窓からのぞき、呼びかけてみた。

「おい、これはいったい、なんのまねだ。殺人をした上、放火まですると、どんな重い罪になるか知ってるのか」

だが、その言葉は相手には通じなかったし、インディアンたちのかん高い叫びの意味を理解することもできなかった。理解できたことは、火矢の落下点がしだいに正確になってきたことだった。そのうち窓を破って、その一本が店にとびこんできた。青年は床をはいながら、やっとそれをもみ消した。

エル氏は、このままでは恐るべきことになるのに気がついた。いずれ矢の火でガソリンに引火するだろう。そうなったら、手のつけようがないのだ。

まもなく、その不安な予感が的中した。一本の矢が店先につんであったオイルの缶につきささり、火は勢いよく燃えあがった。その炎は店のなかに流れ、あたりには熱い空気が。

「どうなるんです。焼け死にますよ」

と、青年はせき込みながら叫んだ。もちろん、エル氏にだってわからない。

「わけがわからん。この現代に、アパッチに襲撃されて死ぬことになるとは、考えてもみなかったぜ」

たちこめる煙のむこうでは、勢いこんだ叫び声が、ますます近づいてきた。飛び出せばやつらの矢に当るか、おので頭を割られるかだ。しかし、このままでは焼け死んでしまう。二人はためらっているうち、息苦しさはますますはげしくなり、ついに気を失った。

エル氏と青年は床の上に横になったまま目をぱちぱちさせて、顔をみつめあった。

「助かったようですね」

立ちあがってあたりを見まわしてみたが、さっきまでのさわぎの跡を示すものは、なにも残っていなかった。煙もなく、オイルの缶もなんともなかった。テレビのブラウン管にはひびひとつなく、電話機もいつもと同じく、カウンターのはじにあった。エル氏はそれを使った。

「ハイウエイ・パトロールを」

「こちらハイウエイ・パトロール。事件はなんです」

「じつは、アパッチの大群におそわれ……」

「なにを、ねぼけているんです。当局をからかうと罰せられますから、注意して下さい」

電話は切られた。エル氏はつぶやく。

「ねぼけないでくれとさ。やはり夢だったのかな」

「夢なんかじゃありませんよ。ぼくだって、たしかに見たのですから。さっきの男の汗のにおい。アパッチの叫び。火矢。みなはっきりしています。夢だったら、熱まではともなわないでしょう」

二人はウイスキーを飲み、いまの現象をたしかめあった。しかし、それ以上、なんの結論も得られなかった。

その時。

「おい、助手が、ここに来とるだろう。とんでもないことをしてくれた」

と、顔色を変えた老人が店に入ってきた。研究所のエフ博士だった。

「あ、先生。どうなさいました」

と、助手の青年はぼんやりと答えた。

「どうもこうもない。あんなことをしておいて、ここで酒など飲んでる」

「なんのことです。ぼくはいまアパッチに襲われ、もう少しで殺されそうになったのですよ。信じてもらえないでしょうが、少し気を落ち着けようとしているのです」

「おまえのようなやつは、殺されればよかったんだ。わしの作った装置を、鎖で地面にしばりつけておいたろう」

「あ、あのことですか。空中ボートが完成したら、まっさきに同乗をと念のためにです。悪く思わないで下さいよ」

「とんでもない。秘密にしておくため空中ボートと言っていたが、あれはタイムマシンだったのだぞ」

エル氏は、それに口をはさんだ。

「タイムマシンですって……」

「そうだ。やっと完成して、興味ぶかい昔に行けるところだった。それが、いかに動力を強めても、少しも動かない。ついに部品が焼けきれ、めちゃめちゃになってしまった」

「すると、あのアパッチは」

「おそらく、あのタイムマシンが現在に固定されていたため、この付近の過去が逆に引きよせられたのだろう。そして、装置が焼け切れた時、両方はあとかたなく、引きはなされたのだ。わしがタイムマシンのなかで夢中になっている時、おまえらが過去を見物したとは、まったく面白くない話だ」

「まあ、もう一度作りなおせばいいでしょう」

エル氏のなぐさめに対して、エフ博士は力なく首をふった。

「いや、動力の過熱のため、設計図をこがしてしまった。それに、これ以上やりなおす気力もない。もう、研究所は閉鎖だ。そして、おまえはくびだ」

と、助手の青年に申しわたした。

エフ博士の研究所がひきはらわれたあと、エル氏はある日、かねて考えつづけていたことを実行に移した。すべてが過去の虚像のようなものだったとはいえ、アパッチに殺された男の言葉だけは、はっきりと耳に残っている。

エル氏は店に臨時休業の札を出し、用意をととのえて出発した。そして、熱気をおびた岩山を越え、ついに男に教えられた場所を見つけだすことができた。しかし、エル氏は苦笑いをして、こうつぶやかなければならなかった。

「物事は、そううまくは行かないようだ。少しばかりおそすぎた」

そこには古びた廃坑が、砂に埋もれかけて、さびしく穴を見せているだけだった。

転機

「やれやれ、この一年間はまったく忙しかった。いかに仕事熱心とはいえ、われながらよく働いたものだ。きょうでいちおう、ことしの仕事はおしまい。年が明け、正月がすぎたら、また大いにせいを出すことにしよう」

おれはのびをしながら、こうつぶやいて夜の空を見あげた。このところ、ほとんど夜昼ぶっ通しで働いてきたので、ゆっくりと空を眺めるのは久しぶりだった。冬空に輝く星々をぼんやり見つめていると、一年の疲れが消えてゆくようだ。

その時、その星々のなかに、ひとつだけ、なにかようすのちがうのを見つけた。光り方も変だし、それに動いているようだ。さらにふしぎなことには、それがしだいに大きくなってきたではないか。

「あれは、なんだろう」

と、首をかしげる。あとで考えると、この油断と好奇心がいけなかったようだ。

あっというまもなく、まわりには透明な壁のようなものができていた。そして、どうあばれても抜け出すことができなかった。たいていのものなら、抜け出せる技術を身につけているが、なぜかこの場合はだめだった。

正体不明の、透明な箱に入れられてしまったらしい。これからどうなるのだろうと、不安になったが、そのいやな予感はすぐに実現した。その箱ごと、空中に引っぱりあげられはじめたではないか。

「さては、妙な星と思った物は、他星人の乗っている宇宙船だったのか。そして、この透明な箱は、やつらが投げおろしたワナにちがいない。さらわれるのか。助けてくれ」

だが、いかにわめいても、むだだった。そのうち、ついに船体のなかに連れこまれてしまった。

おそるおそる顔をあげ、まわりを見まわしてみる。みなれないやつらが、とりかこんでいた。やつらのからだつき、顔つきといったら、さすがのおれも、すぐに目を伏せずにはいられなかった。どう説明したらいいかわからないが、早くいえば、強欲と残忍とを絵に描いたようなものなのだ。ぐずぐずしては、いられない。思わず叫んでいた。

「助けてくれ。地上に戻してくれ」

これに答えたやつらの声も、外見に劣らず、ぞっとする調子をおびていた。

「じたばたするな。いくらあばれても、もうだめだ」

そこで聞いてみた。

「いったい、なんでおれをつかまえたのだ」

「われわれの星では宇宙を征服する計画を立て、この宇宙船でほうぼうの星を調べてまわっている。そして、調べついでに、住民を一匹ずつつかまえて帰ることにしているのだ」

「おまえたちの星へ連れていって、どうするつもりだ」

「まず、当分は、どれいとしてこき使う。その働きぶりをよく研究し、占領するに値するかどうかの資料にするのだ」

「いやだ。とんでもない話だ。いままでのように、あの地球で働いていたい。たのむから帰してくれ。どうしても連れてゆくなら、べつなやつにしたらどうだ。あなたがたにとっても、そのほうがいいと思う」

泣くようにたのんだが、やつらは冷たく首をふった。

「だめだ。われわれにつかまったからには、絶対に帰れないのだ。ぶつぶついわずに、あきらめろ」

宇宙船は、移動をはじめたようだ。もはや二度と、地球へ帰れそうもない。偶然というものは、恐ろしいいたずらをする。広い地球の上から、よりによって、おれをつまみあげるなんて。

まあ、これも運命だ。やつらの星についたら、熱心に働いてやることにしよう。仕事をするのが大好きだし、生まれつき人なつっこい。やつらとだって、いずれ親しくなれるだろう。しかし、やつらもおれの働きに気がついたら、さぞ驚くことだろう。なにしろ、おれは貧乏神なんだから。

窓からのぞくと、太陽がぐんぐん遠ざかってゆく。いまごろは、おれのいなくなった地球上の連中が、あの太陽を眺めながら、こんなことを言っているだろうな。

「ほら、初日の出だ。おめでとう。おめでとう。ことしは景気のいいことが、ありそうだぜ」

宇宙のネロ

「このごろのテレビ番組の、つまらないこと。企画が貧困。出演者は変りばえがしないし、ドラマもマンネリだ。少しは知恵をしぼったら、どうなんだ」

「ああ。なにか目のさめるようなことを、見物したいものだ」

多くの人びとが、あくびをしながらこんなことをつぶやく平和な世の中だった。そこに、目のさめるどころか、目がさめっぱなしになるような事態が訪れた。

それは、地球外から訪れてきた。黄金色に輝く奇妙な物体が、都会のまんなか、テレビ塔の上に停止したのだ。

「あんなのが出現しましたな。だけど、なにしに、やってきたのか」

「さあ。しかし、金ぴかとは豪華ですね。福の神でも乗っているのか……」

人類には、金色のものを見ると相好をくずす性癖があった。そのみなの表情も、たちまち引きつったものに変った。声がひびいてきたのだ。

「おい、地球とかいう星の住民たち。こっちの要求を聞け。われわれにとって、ぜが

ひでも欲しいものがある。これはそのために送りこんだ、自動操縦の無人宇宙船だ。だが、無人だと思って、いいかげんにあしらうことは許さん。手むかってもむだだし、要求を聞かなければこの通りだ」

　つづいて船体の一部から、目のくらむような赤い光がほとばしり、それを受けた大きなビルは、一瞬のうちに焼失した。

　こうなっては、だれの目にも逆らうのは無益と明らかになった。地球側の代表は、おそるおそる申し出た。

「わ、わかりました。お望みのものはなんでもさしあげます。ウランでございましょうか。食料、ダイヤモンド、それとも黄金……」

　と、ここで口をつぐんだ。相手は、黄金

に不自由しない星の住民らしい。

「そんなものではない。われわれの星は文明が進んでいて、生活に不自由はない」

「さようでございましょうな。では、なにをお望みですか。まさか、ここを植民地にでもなさるおつもりでは」

「植民地など持つと、手数がかかるばかりだ。われわれの欲しいものは、べつにある」

「どうぞ、おっしゃって下さい」

「娯楽だ。これだけは、機械で生産できない。さあ、早く、なにか面白いものを見せろ」

　ほっとした空気が、ただよった。

「わかりました。おやすいご用です。ちょうどいいことに、その塔の上から電波がでております。それにお合せ下さい」

と、電波の波長が告げられた。相手はそれを受け、超電波に変えて故郷の星に中継をはじめたらしく、しばらくは沈黙をつづけていた。

　しかし、その歌と踊りの番組がすむと、ふたたび声が呼びかけてきた。

「おい。つぎはどうした。一刻も休むことなく、つづけるんだ」

ただちに手配がされ、豪華な番組がとぎれることのないように編成された。人びとのなかには、これに大喜びする者が多かった。

「こいつはいいぞ。あいつのおかげで、当分のあいだ、昼夜ぶっ通しで面白い番組が見物できる」

「ありがたいことだ。いざとなればこのように出来るのに、いままでやってくれなかったのは、じつにけしからん」

しかし、二、三日たつうちに、ありがたいどころか、事態は容易ならぬ方向にむかっていることがわかってきた。

連日連夜、目に見えぬ相手に対して、ごきげんを取りつづけていなければならない。しかも、じつにしまつの悪いことに、この宇宙船を送りつけてきたやつらは、記憶力のよい住民らしく、同じ手のくりかえしがきかなかった。同じ出演者がふたたび出るのはかまわなかったが、前にやったのと同じか、または劣っていると、容赦なく、

「おい。ばかにするな」

と警告され、それを無視してつづけると、赤い光線によって、いくつかのビルが吹っとぶ。

もはや、全地球、全人類の問題になりはじめてきた。各国から、救援のために多く

の芸能人が送られてきたが、それとても、先のことを考えると、心細くなるばかり。たとえば、ある大がかりな手品ショーが出演すると、そのあいだはおとなしくしているが、ひとわたりすむと、

「よし。そのたねあかしをやってくれ」

と命ぜられ、この一座は、二度と使いものにならない。

スポーツ番組にしても、たちまち連日、世界選手権大会を中継しなければならない羽目に追いこまれ、とてもつづくものではない。少しでももたつくと、すぐ警告になる。

「どうした。つぎのを早くやれ。ぐずぐずしていると、飛び立って地上全部を焼きつくしてしまうぞ」

「待って下さい。これでも、みな一生懸命にやっているのですから」

「つべこべ言うな。一生懸命など、言いわけにならん。われわれは、面白さだけを求めているのだ」

「いったい、いつまでつづければ、お気に召すのです」

「おまえらも知ってるだろうが、これで満足という限度など、娯楽にはない。永久にやるんだ」

「永久ですって」

「そうだ。われわれは、こうして限りない星々を破滅させてきた。破滅の時期をのばしたいのなら、面白いことをやってみせろ」

完全な危機だった。しかも、この手におえない戦いをつづけるのは兵器ではなく、たえず新しいものを提供することなのだ。

世界中から玄人《くろうと》、素人《しろうと》を問わず、あらゆるタレントが徴集され、プロデューサーのもとで激しい訓練が行われ、なんとか破滅を数時間ずつ切りぬけていった。

しかし、声は容赦なかった。

「おい、少し低調になったぞ」

「はい、どこがいけませんか」

「そんなことは、そっちで考えろ。われわれは、面白がりたいのだ」

「なんだと、この底抜けやろうめ」

つきっきりで働いてきたプロデューサーのひとりは、画面に飛び出し、思いきり悪態をつき、それを言い終ると、かたわらのコードを手にして自分の首をしめた。

だれもが息をのんだ瞬間、相手から声がかかった。

「よし、なかなか気のきいたことを、やるじゃないか。その調子だ」

その調子と言われても、犠牲になる自殺志願者を集めるのは容易ではなかった。また、なんとか集めてはみても、つぎつぎと趣向を変えた自殺をつづけることは絶望的な話だった。

「なんだ。また拳銃か。それはさっき見たぞ。マンネリだ」

「ああ、これもマンネリとは」

「もっと変った趣向でやれ。そうだ、気の荒い連中に武器を持たせ、街じゅうに放してみろ。それを中継で見せろ。刺激的なものを、つぎつぎにやるんだ」

「とんでもないことです。そんなことをしたら……」

「そんなことをしなかったら、どうなるかは知っているだろうな」

さからうことの、できるわけがなかった。全人類の安全にかかわることだ。しばらくのあいだ、相手はおとなしくなった。この残酷なショーが、いくらかお気に召したらしかった。だが、ほっとするひまはない。この余裕を利用して、つぎの番組の準備をととのえなくてはならない。

ここに至っては、どこかで戦争でもはじめて中継する以外にない。そして、行きつくところは、核戦争を演じてごらんに入れる以外に、思いつかない。

その先は……。だが、ことの善悪を議論しているひまはなかった。道は二つ、破滅させられるか、破滅するかの問題だ。

その時、だれもが青ざめている対策本部に、ひとりの男があらわれた。

「ひとつ、わたしを出演させて下さい」

この申し出をうけても、あまり活気はわかなかった。

「その意気ごみはありがたいが、もうなにをやっても、だめだろう」

「おそらく、そうでしょう。ためしに、ちょっとでいいから出させて下さい」

「そんなに言うのなら、戦争ショーの準備ができるまで、つなぎに出演してもらうとするか」

まもなく、さいそくの声がかかった。

「おい、あきたぞ。早くつぎにうつれ」

「はい、ただいま」

「急げ。われわれの星の、住民の全部が見ているんだぞ。失望させるな」

「はい。……さあ、たのむぞ」

その男はスタジオに入った。

ついに、苦難にみちた時期は終りをつげた。あの身の毛のよだつような請求の声は、二度と響いてこなかった。

「やったぞ。よくやってくれた。ありがとう。いったい、どんなことをやって見せたのです」

人びとは口々に感謝し、同時に質問をあびせた。

「わたしは催眠術師です。カメラにむかい、眠れ、眠るんだ、すべてを忘れ、二度と目ざめるな、と呼びかけてみたのです。こう効き目があるのなら、もっと早くやってみるのでした」

危機は去り、平和はよみがえってきた。

やがて、テレビ局は生き残りのくたびれた人員を集めて、一般放送を再開した。それはつまらない番組だったが、だれも文句を言わなかった。人びとはもはや、そのスイッチを入れようとしないばかりか、画面から目をそむける生活に入ったのだから。

オアシス

「ああ。思いきり、水が飲みたい」

「おれもだ」

　宇宙船内では、しばらく前から渇きだけが支配していた。だれもかれも、水を欲しがっていた。ほかの物はなんでもそろっていたが、水だけがなかった。排泄した水分を回収する装置のぐあいが悪くなったので、二十四時間にコップ一杯ぐらいの割当てしかなかった。

「もう少し、がまんしろ。このへんに、水のある星があったはずだ」

　船長は、このようになだめた。それに望みを託して、飛びつづけるしかない。そして、ついに空間のかなたに、小さな点を見いだすことができた。

「見ろ、星が見えた。きっと、あの星だ」

　ひとりが、かすれた声をあげた。

「待て。喜ぶのは早い。よく調べてみろ。のどが渇くと、幻を見やすくなる。そばまで行って、幻覚とわかったら、手のつけようのない絶望を味わうことになる」

船長はあくまで慎重だったが、まもなく観測員から報告が伝えられた。

「大丈夫です。たしかに水は豊富のようです。これをごらん下さい。スペクトルが示していますす。観測装置までが幻を見ているわけは、ありません。水の存在は、確実です」

もはや、喜びの声は押えられなかった。その歓声のうちに、青く輝く惑星が近づいてきた。

「水だ、水だ」

「水が飲める。かさかさに乾いたからだを、しめらせることができる」

「おい、早く着陸させてくれ。なにを、ぐずぐずしているんだ。もったいをつけなくても、いいじゃないか」

笑い声のなかで、操縦士の声だけが悲しそうな調子だった。

「着陸ですって。でも、水ばかりで島ひとつないところへ、どうやっておりるんです」

賢明な女性たち

どこからともなく地球に接近してきた宇宙船のむれは、上空で編隊を解き、各地に散り、それぞれゆっくりと旋回をはじめた。

「いったい、どこから、なにをしにきたのだろう」

「まったく、わからん。なにか、地球のようすを調査しているようだが」

「なんのための調査だろう」

「わかるものか」

だれにも、わかるはずはなかった。たえがたい不安がみなぎった。いつなにがはじまるか、見当もつかない。

最悪の場合だと、ピーピーいう音とともに、目もくらむ光線が発射され、あたり一面が焼きつくされることもありうる。だが、実際には、もっと想像もできないようなことが起らないとも限らないのだ。防ぎようのない毒の霧がまき散らされ、じわじわと降ってくるのか、ふいに大音響がとどろいて、人びとの鼓膜がいっせいに破られる

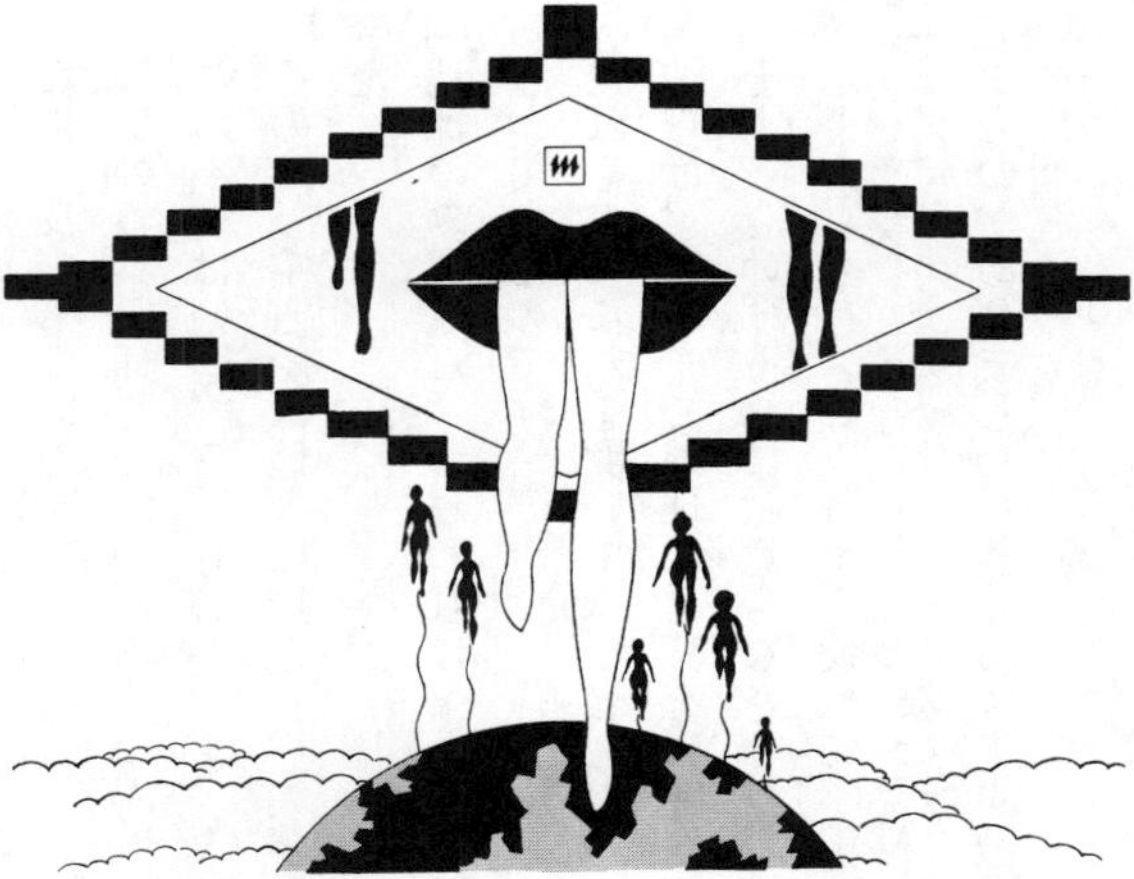

かもしれない。

あらゆる兵器が集められ、ねらいをつけたものの、攻撃をしかけるわけにもいかなかった。どんな対策を立てていいかわからず、ただじっと待つだけ、というのは、あまりいい気持ちでない。人びとは、なんでもいいから早くはじまって欲しい、といらいらした。

「もう、がまんができない。やつらに呼びかけてみよう」

「あらゆる方法を、試みよう」

地上には、いろいろな文字や記号が書かれ、飛行機やヘリコプターは文字を書いた長い布を引っぱって飛びあがった。電波は、波長をいろいろに変えて発信された。

だが、宇宙船はなんの応答もせず、あい

かわらず、意味ありげにゆうゆうと旋回をしつづけている。

「なんの反応もないな」

「地球の言葉が通じないのだろう。ああ、これから、どんなことが起るのだろうか」

この不安はいつ終るともわからず、人びとは頭をかきむしった。

その時。宇宙船は地上に接近し、人びとの見まもるなか、重々しい声で呼びかけてきた。

「地球のみなさん。われわれは、われわれの星で起った事態を解決しようと、はるばるやってきたのです……」

だれもが、これを聞いてほっとした。

「彼らは、いままで地球の言葉を研究していたのだな」

「そうらしい。それに敵意もなさそうだ。ひとつ応答してやろう」

地上からも、スピーカーを使って宇宙船に話しかけた。

「ようこそ、地球へおいでを。なにか、お困りのようだ。地球にあるもので、お役に立つものがありましたら差しあげます。そして、これからは仲よく交際をはじめましょう」

これに対して、宇宙船からはこう答えてきた。

「ありがたい言葉です。では、それに甘えさせていただきます。われわれに若い女性を、すべてお渡し下さい」

気前のよくなりかけた人びとの顔は、たちまち引きしまった。

「とんでもないことだ。とても、のめた話ではない」

「やつらの星で、なにかの原因で女が少なくなったのだろう。それで地球から、女をつれて行こうとするのだな」

「地球人をなめるにも、ほどがある。やつらのほうが強いかもしれぬが、婦女子を渡してまで助かろうとするほど、われわれもいくじなしではない。かなわぬまでも戦おう」

たちまち、攻撃の命令が下された。ねらいをつけてあったミサイルの発射ボタンが押され、待機していた戦闘機はいっせいに飛びあがり、宇宙船にむけて突入をはじめた。しかし、この地球人の祈りをこめた攻撃は、どんな武器を使っても、なんの効果もあげなかった。

攻めあぐんだ地球人にむけ、宇宙船はまたも呼びかけてきた。

「むだな抵抗は、おやめなさい。そんなことをいくらやっても、宇宙船を傷つけることはできません。われわれは、女性を渡してもらえさえすればいいのです。男性のかたがたまで殺すつもりは、少しもありません。さあ、すなおにお渡し下さい」

しかし、ではお渡ししましょうとは、だれも言い出せるものではなかった。それを見て、宇宙船はこうつづけた。

「いやがっても、むだです。こちら側からいただくこともできるのです。この通り……」

その声とともに、宇宙船からはピンク色の光が、地上に流れた。

「あれーっ、助けて」

女の悲鳴が起り、ひとりの女性がその光の筒のなかを、みるみるうちに吸いあげられていった。これをきっかけに、宇宙船は女性の吸いあげ作業を開始した。掃除機に引きよせられる、糸くずのような扱いだった。

それに対しては、まったく手のつけようがない。しばらくするとその作業がやみ、宇宙船はどこともなく去って行くが、ほっとするのもつかのま、たちまち作業を再開する。

「すごい科学力だ。とても防ぎようがない」

「どこかに待たしてある母船に、つみ込んでいるのだろう。女たちは、どんなひどい星につれて行かれて、どんなひどい目にあうのだろうか。ああ、なんと残酷な連中だ」

男たちは呆然《ぼうぜん》と立ちつくし、女たちは逃げまどった。しかし、あちらこちら逃げまどっているうち、まったく防げないのではないことが判明した。丈夫な建物のなかか、地下道のなかにいれば、ピンク色の光線もその効果をあげられない。

「わかった。女性たちは、早く建物か地下道に避難しろ」

大さわぎのうちに、女性たちはみなかくれ終った。

「これでよし、しばらくは、外に出ないことだ。やつらも建物を破壊するようなことは、しまい。そんなことをしたら、やつらのねらっている女性たちまで殺してしまう。そのうち、あきらめて帰るだろう。がんばれ」

宇宙船は、手を出しかねたようだった。だが、人びとの期待に反し、いっこうに引きあげそうになかった。そして、そのうち、またもスピーカーで呼びかけをはじめた。

「地球のみなさん。あきらめるとお思いかもしれないが、それはまちがいです。われわれは重大な決意をして出発してきた。必ず目的をとげてみせます。科学も知能も、あなたがたよりすぐれているのですから」

男たちは空を見あげ、女たちは建物や地下道のなかで、つぎにどんな方法が用いられるのかと、身ぶるいした。それにむかって、宇宙船からの声がつづいた。

「賢明なる女性のみなさん。なにか、考えちがいをしていますね。われわれにまったく歯がたたないような、地球の男にくっついているほうがいいのですか。いくじのない男にくっついているより、あらゆる点ですぐれたこちらに来たらどうでしょう。そして、きらめく星々のあいだに、夢のような幸福を見いだしたほうが、ずっといいでしょう。われわれは、若く美しい女性だけを求めているのです。みにくい女性は必要としません。あとになって、ああ行けばよかったでは、手おくれですよ」

すばらしい殺し文句だった。このまま地下道ぐらしをつづけるより、この目で見たようにすぐれた科学力を持った宇宙からの招きに応じたほうが賢明かな。こう頭を働かせた女性で、しかも自分が美しいと信じている者は、ためらうことなく戸外にとび出した。

あいにく、自分が賢明で若く美しいと思いこんでいたのが、女性の大部分だったので、男たちはあわてた。

「やめろ。連れて行かれたら、どうされるかわからないぞ」

「思いとどまってくれ。もう少しがんばれば、やつらはあきらめるはずだ」

しかし、賢明で美しい、と思いこんでいる女たちの流れを止めることはできなかった。

「なに言ってるのよ。このチャンスを逃がしたら、後悔してもしきれない大損よ」

女たちは、川をさかのぼる鮭《さけ》のむれのように、うっとりとした表情でピンクの光のなかを、つぎつぎと吸いあげられていった。

あとに残ったのは、賢明でなく、若くも美しくもないと自認している女だけ。つまり、女はほとんどいなくなった。そして、気のぬけたように立ちつづける男たち。

「ちくしょう。ああ、とうとう、みんな奪われてしまった」

男たちは空をあおいで、だれも泣きつづけた。もっとも、泣く種類にはいろいろあった。別れの悲しさで泣く者。手のほどこしようもなく奪われてしまった自分たちの情なさを思っての、くやし泣き。また、女に見限られたことに対する憤りで泣いている者もあった。とにかく、泣いている点では、だれもが同じだった。

宇宙船が飛び去り消えていった空を、いつまでも眺め泣きつづけた。あきらめて、立ち去る者は出なかった。

その時。空にふたたび宇宙船のむれが、しかもずっと大型のが、数を増してあらわれた。その飛び方には、心なしか浮き浮きした感じがあった。

「こんどは、あんな大きなのが来た。なにしにきたのだろう」

「女たちにせがまれて、戻ってきたのかもしれぬ。あのなかでいっしょになって、われわれをあざ笑っているにちがいない。面白くもない」

「いや、そんな、なまやさしいことではあるまい。女さえ手に入れれば、この地球には用がないわけだ。あとで奮起して追いかけてくるのを恐れて、徹底的に破壊しておいたほうがいいと気がついたのだろう」

いずれにしろ、決して良いこととは思えなかった。ある者は泣き声を高め、ある者は恐怖におののき、宇宙船のむれをみつめた。

宇宙船のむれは高度を下げ、スピーカーは声を出した。

「男性のみなさん。なにも泣くことはありません。われわれの星で、男たちが原因不明のうちに減少してしまったので、この星への移住を計画したのです。そのじゃまになる地球の女は、やっと宇宙へ捨て終りました。これからは仲よく暮しましょう。いままでのようすだと地球の男性は、頭は少し悪いけれど、みな純真なかたばかりですね。きっと幸福になれそうです」

つぎつぎと着陸した宇宙船からは、地球の女性よりはいくらか賢明で、美しい宇宙の女性たちが……。

宇宙の指導員

「では、でかけます」

空港に用意された宇宙船の前に立って、若い隊員が私に言った。私は、

「よし。たのむぞ。地球の文明を、少しでも多くの星々にわかちあたえることこそ、われわれの念願なのだから」

と激励した。他星指導援助計画がたてられ、私はその実行部門の部長なのだ。養成された隊員は、船で遠くまで行き、文明のおくれている星をみつけだし、そこに文化と産業と平和とを築く指導をするのが目的なのだ。

多くの、熱意にもえた若者たちが、このように宇宙のはてを目ざし、つぎつぎと出発してゆく。こんどの隊員は、サソリ座の方角にむかうのだ。

「ご期待にそって、必ず成果をあげてきます。報告は送信しますから、それに応じて、必要な物品を送って下さい」

「わかっておる。では、がんばってくれ」

彼は乗り組み、すぐに発進していった。

隊員たちからの連絡により、ようすがわかる。サソリ座へむかった隊員からも、順調な報告がつづいた。

「ただいま、宇宙空間を、目的の星にむけて航行中。異状ありません」

私は、それに応じて指示を与える。

「了解。安全を祈る」

「めざす星は、だいぶ接近しました。着陸態勢に入ります」

「了解。報告をつづけろ」

「ぶじ着陸完了。観察したところ、水も植物もあり、なかなかよい星です」

「了解。だが、住民はいるか」

「ええと。あ、山かげからあらわれました。毛皮をまとい、だいぶ原始的なようです。あ、大ぜいです。こちらへやってきます」

「了解。どうだ、凶暴そうか」

「いや、ようすは原始的ですが、顔つきは利口そうです。これなら、指導すれば、すぐに文明も伸びましょう。あ、やつらは近づきました。はじめて宇宙船を見て、目をまるくして驚いています。これから、やつらとの接触をはじめます。ではまた、のちほど報告を……」

受信は中断したが、しばらくすると、ふたたび報告が入ってきた。

「……やつらははじめて文明にふれ、驚きにみちています。ここでもう一押しすれば、大いに尊敬の念を受けることができ、これからの仕事の進行に、かなり便利と思われます。そこで、ひとつ、貨物船に酒をつんで、至急お送り下さい」

「よし、了解。さっそく手配する」

私はその手配を命じた。貨物船のタンクには酒がみたされた。これは無人操縦によって、目的地まで飛びつづけるのだ。

「酒を運んできた船を受け取りました。原住民たちは、はじめて飲む酒に大感激です。こんなすばらしい飲み物があったのかと、大喜びです。わたしは徐々に、やつらの言葉をおぼえはじめました」

「了解。その調子でやってくれ」

そもそも、文化を高める指導をするには、まず、欲を出させなければならない。そして、つぎに、その欲をみたすために働くことを教え、その能率を高めるために技術の向上を考えさせる。こうして、文化と産業が発展しはじめるのだ。

この、欲を出させるきっかけが、むずかしい。その星の住民の好みに合った物を、与えなければならない。彼は酒を試み、それで欲を出させることに成功したようだ。この調子なら、指導もまもなく軌道にのるだろう。つぎはなにを要求してくるだろう。穀物の種子かな。それとも、農具かな。トラクターかな。私は期待しながら、それを待った。

しかし、彼からの連絡は意外だった。

「すべて順調です。やつらも、わたしの言葉をおぼえはじめました。やつらには、文明を築く素質が充分あります」

「了解。つぎにはなにが必要か。すぐ送るぞ」

「酒をつんだ船をたのみます」

「おい、酒は前に送ったはずだ。ほかに必要な物はないのか」

「ありません。とにかく、酒を送って下さい」

「了解。すぐ手配する」

私は不審に思ったが、信頼する部下からの報告だ。酒をつんだ無人貨物船を送り出した。

そして、しばらくたち、また彼からの連絡があった。

「部長。たのみます。酒を至急お送り下さい」

「なんだと。また、酒か。酒ぐらい、そっちで作ったらどうだ。酒を作る設備を送ろうか」

「いえ。酒をたのみます。お願いです」

彼の報告を信用するほかない。酒は送りだされた。それにしても、どうしたことなのだ。居心地がよくて、酒ばかり飲んで、任務を怠けているのではないだろうか。充分な訓練をうけた部下ではあるが、酒ばかり送らせ、報告をはっきりしない彼に、少しばかり疑惑の念をもった。

「部長。酒をたのみます」

またもだ。

「おい。いいかげんにしろ。どうしたんだ」

「大丈夫です」

「大丈夫ではわからん。はっきりしないと、調査隊を送るぞ」

「いや、それは困ります。とにかく酒を送って下さい」

「了解」

了解といったものの、私はがまんができなくなった。こんな状態では困る。彼は原住民たちに神さまあつかいされ、酒を飲んで女の子と遊んでいるにちがいない。勤務状況を調べに行く必要がある。私は酒を送る貨物船の奥にかくれ、出発した。

宇宙の旅を終え、目的の星についた。いったい、どんな実情なのだろう。

ドアがあけられた。私が物かげから観察していると、原住民たちが入ってきて、酒をつぎつぎと運び出してゆく。それは物なれたようすだった。

「まったく、わけがわからん。彼は、なにをやっているのだ」

こうつぶやきながら、そとをのぞくと、原住民たちが酒もりをしていた。だが、その陽気な歌と踊りのなかに、彼の姿は見えなかった。暗くなるのを待ち、彼をさがしにでかけることにした。

夜になるにつれ、住民のさわぎは、ますますさかんになった。なかには、酔いつぶれるものもでた。

ころはよしと、私はそっと船体を出た。闇にまぎれ、木の間を縫いながら、歩きつづけるうち、遠くに妙なものがあるのに気がついた。それに近づいてみる。木の枝でがんじょうに作られた、オリだった。そして、なんということだ。そのなかには、彼が入っているではないか。

そっと呼びかける。

「おい、これはどうしたんだ」

彼は、びくっとして振りむいた。

「あ、部長ではありませんか。来ないでくれ、と申しあげたはずでしたが」

「しかし、これはなんというざまだ。ちっとも順調ではないではないか。さあ、おまえの船で、わしといっしょに帰るんだ。そして、地球に帰ったら、ただちにおまえはクビだ」

「ここから帰れて、クビにしていただけるなら、こんなうれしいことはありません」

「おまえも、そう思うだろう。クビにして、すぐに後任の者をここに送ることにする」

「いえ、この星は、もう指導する必要などありません。なにしろ、この住民たちは素質があり、もう、立派に文明の星です」

「それは、どういうわけだ」

「あ、早くかくれて下さい。みつかると大変です」

あわててかくれると、千鳥足の住民がやってきた。そして、べろべろの口調で、オリのなかの彼に呼びかけた。

「おい。そろそろ酒がなくなるぞ。さあ、いまのうちに次の注文をしておけ」

オリのなかの彼は、おどおどしながら答えていた。

「だけど、酒はいま送ってきたばかりじゃありませんか。早すぎます」

「うるさい、われわれは、だんだん酒に強くなってきたんだ。ぐずぐず言わずに、早く注文しろ」

「ねえ、もういいかげんに、帰して下さいよ」

「とんでもない。こんな便利なおまえさんに帰られては、たまらん。われわれはそんなことを許すほど、ばかではない。さあ、早くやれ」

オリのそばに、通信装置が運ばれてきた。

「さあ、早くやれ。よけいなことを言うと、殺すぞ。おれたちは、おまえさんの言葉を覚えたんだから」

太い棍棒でおどかされながら、オリのなかの彼は、しかたなくそれにむかった。

「地球の本部、ねがいます。酒をつんだ貨物船を、至急お送り下さい。いえ、なにしろ絶対に必要なんです。ぜひ、送って下さい。たのみます……」

上流階級

「待ってたのよ。だけど、あなた、あんまり強そうじゃないのね」

アール夫人は訪れてきた青年を玄関に出むかえ、美しい眉をひそめながら、失望したような声をもらした。青年は、その言葉に、なれているらしい。

「どなたさまも、そうおっしゃいます」

「まあいいわ。よく打ち合せをしましょう。どうぞ、おあがりになって」

夫人は、青年を応接間に案内した。

ここは静かな郊外にたてられた、豪華な家。窓から眺めると、午後の日を受けてひろがる広い庭、そのそばに林がある。いくつかの油絵が壁にかけられてあるその部屋には、高価な皮張りの椅子が配置されてある。彼女は、そのひとつをすすめた。

「どうぞ。それから、なにかお飲みになりません……」

青年は椅子に腰をおろしたが、飲物については、手袋をはめたままの手を振って断わった。

「けっこうです。わたしはどんな場所にも指紋や唾液《だえき》を残さないよう、いつも習慣づけているのです」

「そうでしょうね」

夫人はうなずき、青年は少し身を乗り出した。

「ところで、どのようなご用でしょうか」

「あら、あなたは、さっきのお電話のひとなんでしょう」

夫人は首をちょっとかしげ、不審そうな表情になった。

「そうですけど、方針として、ご本人から、もう一回、直接にお話ししていただくことにしていますので……」

青年のすべてに慎重なようすに、彼女は一段とたのもしさを感じた表情で、用件を口にした。

「じつはね、さっきもお話ししたように、ある人を殺してもらいたいのよ」

「かしこまりました。それをお引き受けするために、来たのです」

「だけど、できるの。あんまり強そうには思えないけど」

夫人には、まだいくらかの不安が残っているようだった。

「失礼ですが、奥さまはボクシングやレスリングと混同なさっておいでのようです。

殺人行為は、筋肉の強さとはちがいます。それとは別の、心の問題でしょう。常識的な良心を押えつけ、その場にのぞんで、少しも取り乱さないで行動できるかどうかの問題です」

「そういえば、そうね。あなたには、それがお出来になるの……」

「はい。わたしは世の中に対して、絶望しか抱いておりません。心のなかは夜の廃坑のように、ただ空虚だけが占めております。涸《か》れた運河に波が立たないように、わたしの心はどんな行動にも、ゆらぎません」

「あら、あなた案外まじめなのね。それに、ちょっとした詩人じゃないの。面白い殺し屋なのね」

と、夫人は笑い声をあげて、身をくねらせた。しかし、育ちがいいせいか、それはいやらしい印象をともなっていなかった。青年はほんの少しだけ、顔を赤らめた。

「わたしは、いつもはギャングの縄張り争いなどの仕事をしていて、こんな上流のご家庭の仕事ははじめてなのです。ところで、どんな人を殺すのを、ご依頼なのですか。奥さまのお悩みを、必ず解決してさしあげます」

夫人は椅子から立ちあがり、青年の耳に口を寄せた。そして、品のよい香水のにおいのなかで、声をひそめてささやいた。

「あたしの夫よ。夫を殺してもらいたいの」

内容が重大なのにもかかわらず、彼女の声の調子は落ち着いていた。そのため、驚きの表情は青年の顔のほうにあらわれた。いつもの依頼主たちとは、なんというちがいだろう。彼らは目じりをつりあげ、机をたたきながら命令をくだすのだ。

「え、ご主人をですって。なんでまた……」

「そういう相手では、引き受けていただけないの」

「いいえ、そんなわけではありませんが、このような立派な暮しなのに、ご主人にご不満をお持ちとは。想像もできませんので」

「人間の欲望というものはね、限りがないのよ。この世に生まれてきたからには、心ゆくまで生活を楽しまなければ、つまらないじゃないの」

「それは、おっしゃる通りですが……」

ふしぎがる青年に対して、アール夫人は話しつづけた。

「もう少しくわしく、お話しするとね、あたしは今の夫にあきちゃったのよ。それに、ほかに好きな人もできたし」

「それなのに、ご主人は離婚を承知してくれない……」

「ばかね。離婚だけなら承知してくれるでしょうし、いざとなれば駆け落ちという方法があるぐらい知ってるわ。だけど、いまの生活を捨てたくないのよ。そんな損はしたくないわ。この生活を変えずに、夫だけを交代させたいのよ。それには、いまの夫に消えてもらう以外に、方法はないじゃないの」

「なるほど……」

と、青年は深くため息をついた。

「どうなさったの」

「いえ、いままで接してきた社会の連中と、あまりにも考え方がちがうので、ちょっととまどっただけなのです。ところで、殺す方法には特にご希望でも」

青年の言葉は、ビジネスライクな調子をとり戻した。

「方法を指定できるの……」

「はい。それによっては、お高くなるかもしれませんが」

「いいわ、高くっても。ぜひ、ナイフで刺してちょうだい。ぐさりと刺して、息の根を止めちゃうのよ」

夫人は形のいい指先をまっすぐに伸ばし、残酷を楽しんでいるように笑いを浮かべた。

「わかりました。ナイフは、わたしの得意とするところです」

「だけど、大丈夫かしら。それが、いちばん心配なのよ。夫は少し手ごわいのよ。やりそこなって、あなたがやられた時のことを考えてごらんなさい。あたしの将来は、なにもかもめちゃめちゃよ。最も穏便な結末が、無一文で追い出されるといったところね。そんな場合を想像したら、たまらないわ」

「その点は、ご心配なく。はじめての仕事ではありませんし、それに、ご依頼主にだけは、絶対にご迷惑をおかけしません。それがわたしのような者の、ただひとつの信用であり、また生きがいなのですから」

「ぜひ、やりとげてね。必ず息の根をとめてくれなくちゃ、困るわ」

「よくわかっております」

夫人は棚の彫刻のある小さな木箱から、約束の額の札束を出し手渡した。

「では、お払いするわ。成功したら、あとでもっとお払いしてもいいのよ。お望みなら、お金以外のものもさしあげるわ。あら、こんなお約束をしても、反対にやられちゃったら、どうしようもないわね」

意味ありげなまばたきとともに、夫人はまた笑い声をあげた。そのためか、札束を受け取る青年の手は少しふるえた。

「ありがとうございます。きっとご期待にそいます。では、さっそく仕事のお話にうつりましょう。わたしはご主人のお顔をまだ知りませんので、写真でもありましたら見せて下さい。あとは、お勤め先とか、ご希望の日時とかを」

「そんなにゆっくりしては、いられないのよ。できたら、きょうお願いしたいの」

「これからですって」

「ええ、夕方になると、夫はあの林のなかの小道を歩いて帰ってくるわ。あそこも、うちの土地なの。あたしがのぞいていて、合図をするわ。そうしたら近よって、すれちがいざま刺してちょうだい」

「はい。そのようにやりましょう」

青年はポケットからナイフを出し、その刃の部分を指でなでてから、ふたたびもとに戻した。

「もう、まもなくだわ。ほんとに、しっかりやってね」

アール夫人は宝石をちりばめた腕時計をのぞき、青年の肩を軽くたたいた。


「よくきてくれた。きみかね、殺し屋というのは」

広い社長室で、殺し屋というところで声を落しながら、アール氏は来客をむかえた。

「さようでございます」

その男も低い声で、ささやくように答えた。その筋骨たくましい男は、アール氏にすすめられるままに、広く厚いじゅうたんの上を歩き、やわらかいソファーに腰をかけた。

「うむ、じつに強そうだな。きみのような男が来てくれて、うれしくてたまらぬ」

アール氏は、たのもしそうな男を眺め、満足した笑い声をあげた。

「ご信用いただいて、ありがとうございます。自慢するわけではありませんが、腕力ではだれにも負けることはございません。それに、人を殺すことに人いちばい興味を持っております」

男は病的とも見える目で、にやりと笑った。爆発寸前のダイナマイトを連想させる。

「いや、ますますたのもしい。きみは趣味と実益を、一致させているわけだな。しかも、もとがかからない。わしもそんな仕事を、やってみたいものだよ」

アール氏は喜びの声をあげたが、男は表情を変えなかった。

「しかし、実益がともなうかどうかは、社長からお金をいただくまでは、なんとも言えませんね」

「わかっておる。もちろん、金は払うぞ」

「お金さえお払い下されば、どんな相手でも。ところで、その目的の人物は」

「じつは、わしの妻のことなんだが……」

声をひそめながら、アール氏は机の上にかざってある夫人の写真を指さした。男もそれに目をやった。

「きれいな奥さんではありませんか。しかし、まさか、このかたを殺すわけではないでしょうな」

「ああ、わしは妻を、なにものにもかえられないくらい愛している。殺すことなど、考えたこともない。ただ、困ったことが起ったのだ」

「どんなことなのです」

「このごろ、わし以外に好きな男ができたらしい。憎むべきは、その男なのだ。やつさえいなければ、妻の心は戻ってくるだろう」

「それはそれは。社長のような、なに不自由ない立場のかたに、そんなお悩みがおありとは。わたしだったら、ただではおきません」

「きみなら、すぐにそうするだろう。いや、わしだって自分で殺したいぐらいだ。しかし、やるからには失敗をしたくない。そこで、ぜひ力をかりたいのだよ」

「よくわかりました。社長とわたしとは生活はちがいますが、男としての悩みには変りはないでしょう。ご同情いたします。腕によりをかけて、やりとげましょう。こんな場合は、お金などいらないと言いたいところなのですが……」

「それはありがたい。しかし、仕事に対しては、すべて正当な報酬を支払うのが方針だ。それに期待以上にやってくれれば、ボーナスを出してもいい」

「期待以上と申しますと……」

「やつに対する、わしの憎しみはわかるだろう。その憎しみをこめて、殺してもらいたいのだ。それから、いうまでもないことだが、決してやりそこなうなよ。完全にやりとげてくれたら、あとでボーナスを渡す約束をしよう」

「ご安心ください。まかされた上は、わたしだって、かけ出しの殺し屋ではございませんから」

「たのむぞ」

こう言いながら、アール氏はポケットから札束を出し、男に渡した。

「ところで、その相手の住所や人相をうかがわないことには」

「いや、その必要はない。これから案内する」

「これからですって」

「ああ、いつもなら、帰宅時刻はもっとおそい。いまごろは、やつも安心して、わしの留守宅で妻と話しあっていることだろう。そこをねらうわけだ。これから帰り、近くから電話しよう。やつは、あわてて逃げだすだろう。そこを襲ってくればいい」

「いいでしょう」

「ところで、きみは、なにか武器でも持っているのか」

「ナイフを持ってはいますが、わたしはしめ殺すほうが好きです。この腕で、しめあげてやりますよ」

「だけど、相手も手ごわいかもしれぬ。万一のために、すぐにナイフを出せるようにしておいたほうがいいかも知れない。さて、そろそろ出かけるか……」

アール氏は時計を見あげ、うながした。

薄暗い林のなかで、恐るべき決闘が展開され、それは、しばらくの間つづいた。

二人の殺し屋は相手が想像以上に強いことに驚きながらも、おたがいの依頼主のため、また報酬のために必死の力をふりしぼった。低いうめき声が夕やみに広がる。

しかし、やがて、まざりあっていた二つのうめき声は、ひとつだけになった。

「うまくやってくれたかしら」

やってきたアール夫人は、かがみ込みながら、こう声をかけた。すると、青年の息もたえだえの言葉がかえってきた。

「や、やりましたよ。ご主人が、こんなに強いとは思わなかった。早く医者を呼んで下さい。つかまるのはいやだが、いまここでは死にたくない。お願いします」

その時、アール夫人は青年に対してではなく、いつのまにかそばに来たアール氏にむかって、うれしそうに言った。

「あなた、どう。こんどは、あたしが勝ったでしょ」

「ああ、どうもそうらしいな。わしのほうは見るからに強そうなやつだったが、やられるとは情ない話だ」

「ぶつぶつ言うのは、男らしくないわよ。さあ、約束どおり、ダイヤモンドを買ってちょうだい。ほんとだったら、あなたがこうなっているところよ」

夫人は白い指で、男の死体を指さした。

「わかった、わかった。買うことにしよう。ところで、この若い男のほうはどうする。とどめをさすか」

「その必要は、なさそうよ。もうすぐ死にそうだわ」

その会話を聞き、くやしそうにもがいていた青年は、まもなく首をがっくり落した。

「ほら。さあ、いそいで二人のポケットから札束を取り戻し、警察に電話して死体を片づけてもらいましょう。早くしないと、宝石店がしまってしまうわ。それに、毛皮のお店にも寄らなくては」

「おい、ダイヤはわかっているが、その約束なんかしてないぜ」

「いいじゃないの、ついでに買ってくれても」

「だめだ」

「けちね。買ってくれないなら、殺してしまうから」

「おまえこそ、殺してしまうぞ」

「じゃあ、その勝負はこのつぎにして、きょうはダイヤだけでがまんするわ」

夜の侵入者

夜。九時を少し過ぎたころ、その女はこんな声とともに、部屋のドアのチャイムが鳴るのを聞いた。彼女は、つぶやきながら立ちあがった。

「なんで今ごろ。お仕事のことかしら……」

彼女は、この部屋にひとりで住んでいた。映画の撮影所につとめているが、俳優としてではなかった。部屋の壁に大きなスチール写真がいくつも飾られているが、彼女自身のものは一枚もなかった。

「おるすですか」

若い男の声はつづいた。

「もしもし……」

「はい。いまあけます」

彼女は鍵の音をたて、ノブを内側に引いた。ひとりの男が、流れこむように入ってきた。

「飛び込まなくても、いいでしょう。あら、みなれないかたね」

こう言いながらよく見ると、よごれた服を着た若い男だった。そして、息をはずませながら低い声で言った。

「なんでもいい。早くドアをしめろ」

低いけれど、圧力を帯びた声。彼女は、言われた通りにした。

「いったい、なんなのよ。ご用は……」

こんな経験ははじめてなので、彼女は聞かずにはいられなかった。

「おまえさんは、映画会社につとめているんだろう。このへんを通りがかり、ふと、それを思い出したので寄ったのだ」

「それはそうだけど」

「そこを見こんで、たのみがあるんだ」

「あら、それは勘ちがいよ。映画スターになりたいのなら、おかどちがいだわ。それは映画会社につとめてはいるけど、あたしは女優でもなければ、監督でもないわ。それに、スカウトでも、企画係でもないんだから、そのほうの役には立たないわ。それだったら、べつな人をたずねなくては。さあ、お帰りくださらない」

彼女は軽く笑い声をたてた。たしかに、この青年はやさしく、スマートな顔だちをしていた。ちゃんとした順序をふめば、出演できるかもしれない。この青年よりもっと妙な容貌《ようぼう》をした男が、近ごろはスクリーンの上で幅をきかせているのだから。それにしても、あたしの所ではおかどちがい。

彼女はこう思いながら、ドアをあけてあげようと手を伸ばした。しかし、青年はその手を押えた。おとなしそうな体つきなのに、妙に力がこもっていた。

「わかっている。おれは映画スターなんかになりたくて、ここにやって来たのではない」

「それじゃあ、なにが望みで……」

「もらいたいものがある」

青年はポケットから刃物のような物を出し、またもとに戻した。その不穏なけはいから、彼女はなるべくさからわないほうがいいと判断した。

「あまり手荒なことは、しないでちょうだい。欲しいものなら、あげるから」

「おとなしくしていれば、どうこうしようとは思わない」

「だけど、それも勘ちがいのようね。ここにはお金とか宝石といったものは、ないわよ。映画会社で働いているからといっても、みながみな一流スターのように豪勢なことはないのよ」

「わかっている。おれにだって、それくらいの常識はある。おれのもらいたいのは、品物ではなく、してもらいたいという意味だ」

「なにをしろと言うの」

「おまえさんの手先の技術を、ちょっと生かしてくれればいい。評判は、なにかで読んだ。べつに使っても減るものでもないだろう。おとなしく、やってくれればいい。へたにさわぐと、指先がほんとに減るかもしれない」

青年は、手をまたポケットに入れた。

「わかったわ。なんでもするから、変なことはやめてよ。それで、だれをどうすれば

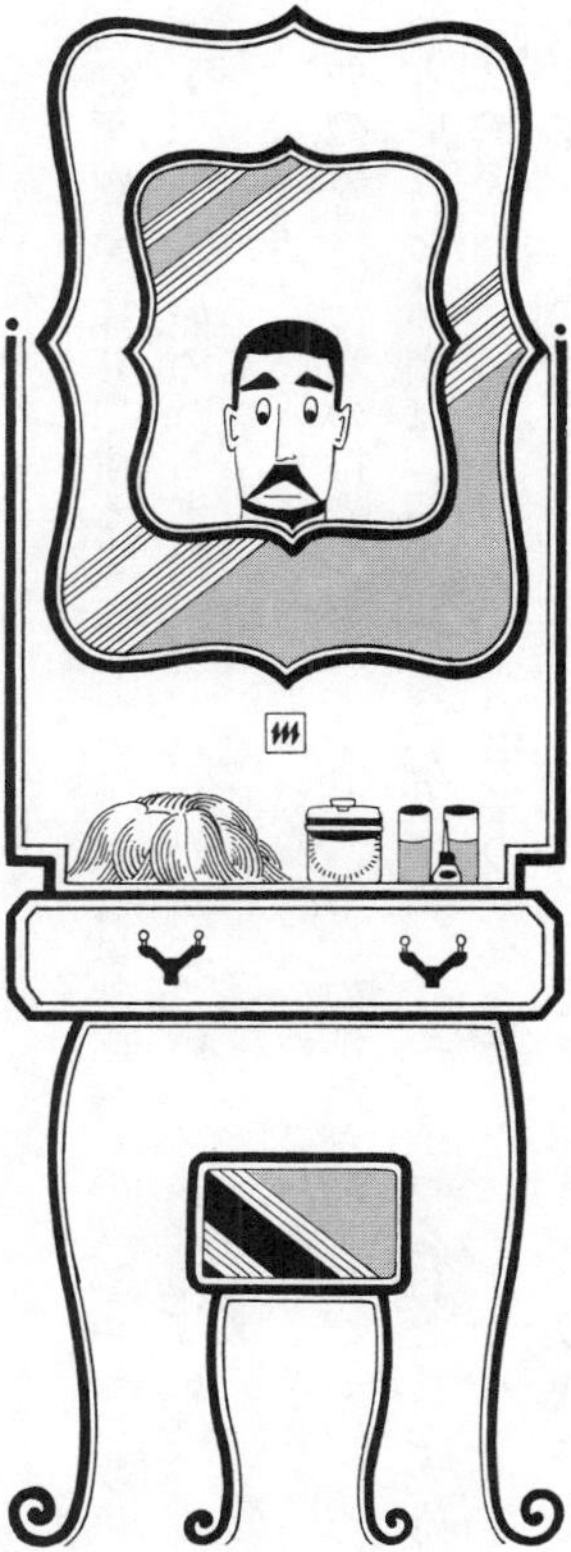

いいの」

女は、青年の言う通りにすることにした。彼女は映画会社のメーキャップ係。この分野ではすぐれた才能の持ち主だった。壁にかかっているスターの写真は、すべて彼女の作った芸術品。

あの初老の男は、彼女の指先によってまだ二十代の俳優が変貌《へんぼう》したものだし、そのとなりのういういしい娘は、四十をすぎた女優にメーキャップをほどこしたものだった。また、どう見ても女としか見えない男優の写真もあった。

彼女の指は、さながら魔法使いの杖。この大事な杖の長さをちぢめられでもしたら、これから生活してゆくことができなくなる。

「おれは逃げているところだ。逃げ出したからには、途中でやめるわけにはいかない」

「あなたの顔を、変えてくれというわけなのね」

「ああ。おれは半年ばかり、未決囚で自由がなかった。あまり楽しい所ではない。そこで、きょう法廷へ連れて行かれる途中、すきを見て逃げ出してきた。もう二度と、あんな所に帰る気はしない」

「まあ。そうだったの。だけど、断わるわけにもいかないわね。さあ、やってあげるから、そこにおかけなさい。でも、ここには道具がそろっているわけじゃないから、そう完全にはいかないかもしれないわ」

彼女は青年を三面鏡の前にすわらせ、ありあわせの道具を出し、少し照明を強くした。

「さあ、早いとこ、やってくれ」

「でも、考えなおしたらどうなの。メーキャップは整形手術とはちがうんだから、いつまでもつづくものじゃないわ。しばらくすると、落ちちゃうじゃないの」

「わかっている。一晩ぐらいもてばいい。警戒の網を通り抜けさえすればいいのだ」

「それで、どんな顔にしたらいいの。そうね、いっそ女の顔にしたらどうかしら」

彼女は鏡のなかの青年の顔をみつめながら、目を輝かした。このような場合にも、やはり職業としての感興はわいてくるものだ。ここをこう変え、あそこを変えれば、女としても通用する顔だった。青年は、首をふる。

「そうはいかん。そうするには、服もなにも変えなければならない。そんな余裕はないし、女装がばれると、かえって怪しまれる。なるべく今の顔とかけはなれたのに、変えてくれればいい」

「じゃあ、年配の、ぶっそうな顔にしましょうか」

「いいだろう。ぶっそうな男が、ぶっそうな顔になったために、ゆうゆう逃げられたなんて、いい話題になる」

「わかったわ。さあ、クリームをぬるから、ちょっと目をつぶって」

青年は目をつぶりはしたものの、念を押した。

「断わっておくが、妙なまねはするなよ。おれは強盗でつかまったんだから」

「あなたのような人が強盗とは、人はみかけによらないこともあるものね」

夜の静かさのなかで、彼女の作業は進行した。

「どうかしら、こんなぐあいで……」

青年は鏡のなかの自分に目をこらした。

「なるほど、こうも変るとは、さすがだ。なんという、いやな顔だ。身ぶるいがする。しかし、大出来だ。自分でさえそう思うのだから、ひとにはとても見わけがつくまい」

鏡のなかには黒く日にやけ、目つきの悪い中年の男がいた。

「じゃあ、早く出てってよ」

「よし。出かけるぜ。だが、出かける前にすることがある」

青年は彼女の腕をねじあげ、そばにあった電気スタンドのコードで手足をしばった。

「なにをするのよ。約束がちがうじゃないの」

「おまえさんだって、約束がちがう。どうも背中で変なことをやっていると思っていたら、こんなことをしたな」

青年は服の背中を三面鏡にうつした。そこには白い粉でクエスチョンマークが書かれていた。見た者は不審に思うだろう。彼女が指先で、気づかれぬように書いたものだったが。

「それで、あたしをどうしようと言うの」

自分の作品ではあったが、凶悪な青年の顔に彼女は恐くなってきた。

「だからといって、殺したり、傷つけたりして罪を重くするほど、ばかではない。警察に連絡しないで、しばらくじっとしていてもらえばいいのだ。そのあいだに、おれは遠くに逃げている」

青年はそばにあったタオルで、彼女の口を覆った。もはや声は出せなかった。

「ドアには鍵をかけずにおくから、あすの朝になれば、だれかが入ってきて助けてくれるさ。そのあとで顔の絵が作られたとしても、なにもかも手おくれだ。あばよ」

青年はこう言い、別人となった顔を持って、ドアから出ていった。

「おかげで、やつをつかまえることができました。苦しかったでしょう」

まもなく入ってきた警官は、床のうえにころがされていた彼女を助け起し、コードをほどいてくれた。

「あたしも、うまくいくように祈ってましたわ。だけど、あの男もつかまった時には、ふしぎがったでしょうね」

「われわれだって、驚きましたよ。手配写真の殺人犯と思ってつかまえたら、やつだったのですから」

彼女は街角に張り出してある凶悪犯人の顔を、青年のうえに作ったのだ。青年も殺人犯としてつかまるより、やはり単なる脱走犯人としてつかまるほうを好み、すべてを自白した。

「しかし、市民のみなさんが、あの手配写真をこれほど熱心に見て、捜査に協力してくれているとは知りませんでした。われわれも、心強く思えてきました」

警官はうれしそうに言ったが、彼女は首をふった。

「熱心に見てるのは、あたしぐらいでしょうよ。お仕事の参考資料ですもの」

鋭い目の男

そこは薄気味わるく、どことなく異質な空気にみちたバーだった。場末の小さなビルの地下にあり、せまく、汚れていて、うす暗かった。

金を払って酒を飲み、ひと時を楽しもうとする客なら、こんな店に来るはずはない。それに、入口にはネオンひとつついていない。店のほうでも、積極的に客を呼ぶつもりのないことを示していた。

店のなかには、私を含めて三人の男がいた。ひとりは、カウンターのなかのバーテン。もうひとりは、少しはなれた椅子にかけている客。いずれも目つきのよくない、油断のならない表情で、なにを考えているのかわからないやつらだった。

もっとも、私だってどっちかと言うと、あまり人相のいいほうではない。だからこそ、この危険にあふれた仕事に乗り出すのに適任だったのだ。

「おい。いいほうの酒をくれ」

私はからになったグラスを指でちょっと押し、あごの先で洋酒のならんだ棚をさした。バーテンはそこから、高級なレッテルのはってあるウイスキーのビンを取り、黙ったままグラスについだ。

それを口にする。液体が舌の上にひろがるにつれ、私の敏感な舌は、そのなかに含まれている異質なものを感じとった。

あきらかに、ニセの洋酒だ。しばらく鳴りをひそめていたニセの洋酒が、このごろまた出まわりはじめた。私は国税関係の、その方面の係官。ニセ洋酒の摘発をすべく、ひそかに捜索を進めてきたのだ。

酒の値段の何割かが税金であることの、いいか悪いかは別問題。善良な人びとがまじめに税金を払っているのに、一方でニセの洋酒を扱い、それをのがれて不当な利益をあげているのは、社会正義の上からも許せない。

私は、進んでオトリとなった。オトリ捜査の善悪も、また別問題。いまは、そんなことを言っている時期ではない。そして、やっとこの小さなバーがニセ酒の取引きの連絡場所であることをつきとめ、乗りこんで待ちかまえることになったのだ。

腕時計を、ちらとのぞく。

「おそいな。どうしたのだろうか」

こうつぶやくと、バーテンは目を光らせながら、ぶあいそに答えた。

「もうすぐ来るでしょうよ」

しばらく前、私は身分をかくし、密造の洋酒を大量に売りたいといううわさを、ばらまいた。うまくその網にかかってくれる者が出れば、ニセ酒がどの方面に流れ、どんな連中が不当な利益をあげているかを、つきとめることができる。

長いあいだの忍耐がむくわれ、きょう、ここで取引きの相手と会う手はずにこぎつけた。どんな相手なのだろう。

その時。コンクリートの冷たい階段に足音がした。目をやると、ひとりの人物が出現した。やはり、目つきのよくない男だった。約束の相手は、この男なのだろうか。どうも手ごわそうなやつだ。

私は右の小指で、自分の鼻を押えた。これが合図。相手はじろりとそれを見て、左手で自身の耳たぶをつまんだ。合図は一致した。

そいつは警戒にみちた表情のまま、そばの椅子にかけた。緊張した空気が、あたりを支配した。

相手は、くみしやすい男ではあるまい。それに、もうひとりの客もバーテンも、一味である可能性は大きい。二人がこっちに全神経を集中しているらしいのも、気のせいだけではなさそうだった。

注意しながら、こっちの知りたいことをすべて聞き出し、ここを脱出しなければならないのだ。

「ところで……」

と、さりげなく切り出す。相手はそれに応じた。

「さっそく、話に移りましょう」

相手の服の一カ所に、妙なふくらみのあることに気がつく。その大きさから、拳銃にちがいない。心のふるえを声に出さないよう、注意して言う。

「どれくらい、ご入用です。とりあえず動かせるのは、百ダースですが」

「では、すぐ渡していただきましょう」

と、相手は身を乗り出してきた。

「よろしい。しかし、先に代金をお払い下さい」

「それはだめです。品物を見ないうちは、払えません。わたしの得意先は一流の店ばかりです。変な味だったりしたら、いっぺんに取引中止です」

「では、その店の名を教えて下さい。それをうかがえば、信用して品物をさきにお渡ししましょう」

「とんでもない。それは、しゃべれませんよ。そんなことをしたら、あなたが自分で売りつけようとするでしょう。品物をいただくのが先です」

「いや、品物を渡した、金にならなかったでは、わたしが仲間に対して言い訳できません。あくまで金が先です」

相手の得意先は聞き出せそうにないので、金を出させることに目標をかえた。金を出せばそれを証拠として、警察に協力をたのみ、自白させるのだ。

われわれは疑い深い目をむけあい、水かけ論をしつっこく続けた。私は架空のニセ酒をたねに、なんとか相手に金を出させなければならないのだ。

思わず声が高くなり、もうひとりの客もバーテンも、こっちに不審の目をそれとなくむけている。もはや、にっちもさっちもいかなくなり、すべては行きづまって、形勢は不穏になってきた。

覚悟をきめ、危険を承知で相手に飛びかかり、組み伏せようと思った。

その時。相手は言った。

「きりがない。場所を変えて話そう」

「よし。だが、金をもらわないと、品物は渡せないぞ」

「酒のことではない。いままでの会話は全部、小型テープで録音した。じつは、おれはこういう者だ」

と、相手は黒い手帳を示した。

「警察官か」

「ああ、私服だ。話のつづきは、警察でゆっくり聞かせてもらおう」

「まってくれ」

私はあわてて、自分の身分証明書をひっぱり出した。われわれは苦笑いしたが、おたがいにこのままでは帰れない。すぐにつぎの行動を話しあった。

「しかたがない。しかし、あの二人をしぼれば、なにか聞きだせるだろう。手伝ってくれ。わたしはあの客をつかまえる」

「いいですとも。わたしはバーテンのほうを」

しかし、二人はあまり抵抗もせずに、おとなしくつかまった。その理由はすぐにわかった。もうひとりの客は、私立探偵だった。衛生関係の官庁から依頼され、不純物の混入しているニセ酒の密造所をつきとめるべく、ここに網を張っていたのだ。

そして、たのみのつなのバーテンは、ある新聞の社会部の記者。ニセ酒の全容をあばくため、バーテンになりすましてここに潜入していたわけ。

われわれ四人は、おたがいの鋭い目を見かわし、しばらくのあいだ、むなしい笑い声を響かせた。

再認識

「おい、ちょっと来てくれ」

社長が出勤してきたらしく、社長室からどなり声が響いてきた。私は勤続三十五年の、社員。そのためか、社長は私を呼ぶ時に、とくに大声をはりあげる。

「はあ、ただいま……」

答えながら、背を丸めた姿勢で、のそのそと社長室に入っていった。

「なにをぐずぐずしている。呼ばれたら、すぐに来い。だいたい、おまえは、やることがのろまだ。そして、ぼんやりだ。それを改めないと、くびだぞ」

また、この言葉だ。いままでに限りなく聞かされてきた。これだけは、いつになっても免疫ができない。

「はあ。わたしはのろまで、ぼんやりで、このままではくびですか」

と、おどおどした声で聞きかえした。

「そうだ。しかし、いま呼んだのは、そのためではない」

「なんでございますか」

「この部屋のようすを見てみろ」

社長は立ったまま、あごの先を横に振り、部屋のなかを示した。

「どうか、しましたのですか」

「どうもこうもない。わしが社長室に入ってみると、なかが、このように荒らされていた」

社長は大またに、ゆっくりした足どりで、じゅうたんの上を歩きまわりながら、ほうぼうを指さした。

机の引出し、ロッカーの扉などが、半ば開いたままになっている。

「なるほど。ただごとではありませんな」

「机の引出しに入れておいた、まとまった札束。棚の上の高価な美術品。ロッカーのなかの舶来のゴルフ道具。こういった金目のものばかりが、なくなっている。泥棒にやられたにちがいない。すぐ、警察にとどけに行ってくれ」

社長は命じたが、私はあたりを見まわし、こう言った。

「はあ。しかし、そう急ぐことはないと思います。もしかしたら、これは内部の事情にくわしい者の犯行かもしれません。社内から犯人を出しては、会社の信用にもかかわりましょう。とどけ出る前に、いちおう、少し調べてからのほうがよろしいでしょう」

「それはそうだが……」

と、社長はうなずいていたが、やがて私に聞きかえした。

「……おまえにしては、気のきいたことを言うではないか。なんで、事情にくわしい者のしわざらしいと考えたのだ」

「ほかの部屋は、どこも荒らされていません。単なる泥棒なら、手当りしだいに荒らすでしょう。ですから、この部屋を社長室と知っている者のしわざに、ちがいありません」

「うむ。おまえの言うのにも、一理あるな」

「いかがでしょう。すぐそのことに気がついたのですから、わたしに対して今後、のろまという言葉を、お使いにならないようお願いしたいのですが」

「いいだろう。これからはおまえを、のろまとは呼ばぬ」

「ありがとうございます」

「しかし、だからといって、犯人は内部のものと断定はできまい。たまたま忍び込んでみたら、この部屋だったという場合も、あるではないか」

そこで、私は窓を指さした。

「社長は窓から侵入したと、お考えのようです。しかし、よくごらん下さい。窓には、このように錠がおりています」

社長は窓に近より、そのことを確かめた。

「たしかに、その通りだ」

「犯人はこの窓から、出入りしたのではありません。ここに気がついたのですから、ぼんやりという形容詞も取り消していただけませんか」

「うむ。取り消してもいい」

「ありがとうございます」

私は喜びの声をあげた。社長は首をかしげながら、また歩きまわりはじめたが、とつぜん叫び声をあげた。

「いや、やはり取り消さんぞ。おまえはやはり、のろまで、ぼんやりで、その上、くびだ」

「なぜでございますか。わたしの意見が、まちがっているとでも……」

「わしはさっき、自分の鍵でドアをあけて部屋に入った。すると、このドアの鍵を持っている者が犯人ということになる」

「そういうことに、なりましょう」

「わしのほかにその鍵を持っている者といえば、おまえではないか」

「はあ。でも、それはわたしのほかにも……」

「なるほど、そう思っていたかも知れん。たいして悪いこともできまいと思って、予備のただひとつの鍵をおまえにあずけておいたのだ。まったく、なんというやつだ。盗みを働いたうえ、その罪をひとに押しつけようとするとは」

「はあ」

「はあでは、すまんぞ。おまえは自分の存在を再認識させようとして、こんなことをたくらんだのだろう。そして、さっきからしきりに推理らしきことをやって見せた。しかし、それが完全な底抜けで、自分の犯行を白状してしまった」

「はあ……」

「世の中で、おまえのようにのろまで、ぼんやりはおるまい。こんどは本当にくびだ。さあ、持ち出した金と品物をかえせ。まあ、気持ちはわからんでもないし、ながが年つとめてきたのだから、盗んだ物をかえせば、警察ざただけはかんべんしてやる。それにしても、おそるべき悪事を考えついたものだな」

「はあ。しかし、わたしに、もうひと言……」

「なんだと、こんな大それたことをしておいて、そのうえ言いぶんがあるのか」

「社長はわたしに対して、のろま、ぼんやり、くびの三つの言葉をお使いにならないようにお願いします」

「どうした。わしの言ったことが、わからんのか。それとも、なにかあるのか」

「お話しします。わたしの頭は、珍しくはっきりしております」

「なにを、ぶつぶつ言っているのだ。いいかげんにしないと、気の毒だが警察に知らせなければならんことになる」

机の上の電話機にのびた社長の手を、私は押しとどめて、

「わたしがここから持ち出してかくした品物のなかには、その引出しにあった物も含まれておりますよ……」

と、机のいちばん下の引出しを指さした。それを見た社長は、電話機から手をはなし、まっ青な顔になった。

これまでの長いあいだ私を苦しめていた、あのいまいましい三つの言葉。のろま、ぼんやり、くびの三つを、これからは大声で聞かされないですみそうだ。まことに幸運と言わなければなるまい。

昨夜、この計画をたてて社長室を物色中、その引出しのなかから、脱税に関する詳

細な帳簿があらわれてきてくれたのだ。

目撃者

S氏は心に大きな悩みを抱きながら、夕ぐれの街をぼんやりと歩いていた。S氏は五十歳をちょっと過ぎた年配で、ある会社の部長をしていた。どちらかと言うと、恵まれた地位にあった。

また、からだも健康で、見たところは困った問題など、少しも持ちあわせていないように思える。しかし、気をつけて見ると、動作や表情にどことなく、それがあらわれていたのかもしれない。

「もしもし、だんな……」

二、三回、このような声を聞いたので、彼は足をとめ、ふりむいてみた。すると、道ばたに店を出している易者が、手まねきをしながら呼んでいた。

「え……」

と、つぶやき、S氏はあたりを見まわしたが、近くには人影がなく、呼ばれたのは自分のことらしいと知った。易者は少し声を高めた。

「そうですよ。いかがです、だんなはなにか、大きな悩みをお持ちのようにお見うけしますが」

S氏は、驚いたような顔つきになった。

「ああ、その通りだ。それにしても、よくわかるな」

「そこは商売ですからね。もっとも、現代では、悩みを持ってない人などいませんから、こう声をかけると、たいていの人は足をとめます」

「なるほど。うまくひっかかったわけだな。うん、なかなか面白いことを言う人だ」

S氏は苦笑いしながらも、歩みよってみた。

「しかし、だんなは、ふつう以上の悩みをお持ちのようですね。なにか重大なことへの、決心をつけかねているようすです。ちがいますか」

「ああ、それはたしかだ」

S氏はため息をつきながら、うなずいた。

「ひとつ、ご相談にのりましょうか。わたしは商売がら、人生の裏側にもだいぶ接してきました。おそらく、お役に立つと思います」

「それはありがたいが、わたしの考えていることは、大それたことだ。とても、ひとに手伝ってもらうわけには、いかないだろう」

「どんなことです。お話ししてみませんか。お名前まではお聞きしませんから、その点はご安心でしょう」

S氏はしばらく考えていたが、やがて話しはじめた。

「それもそうだ。では、打ちあけるかな。じつは、わたしは勤め先の会社で、わりといい地位にある」

「けっこうなことですな」

「家庭には妻と、大学生の息子とがある」

「それも、けっこうではありませんか」

「しかし、いままで家族に甘すぎたのだ。二人とも、金使いが荒くて困っている」

「それは、いけませんな。ひとつ、厳しくなさらなければ」

「しかし、わたしは妻子を心から愛しているし、いまさら引きしめもできない。もっとも、収入がそれにともなっていればいい。しかし、その釣り合いがとれず、借金が少しずつかさんで、身動きがとれなくなってきた」

「ははあ、結局は金銭問題ですね」

「そうだ。その穴埋めを、しなければならない」

「それで、その目当ては……」

「ない。いや、ないことはないのだ。会社の金庫には金がある。だけど、忍びこんでそれを持ち出すと、疑いは当然、わたしにかかってくる。うまい方法が、あればいいのだが」

「なるほど。むずかしいところですな。でも、方法もないことはありません」

「なにか、いい案でも……」

　と、S氏は身を乗り出した。

「ええ。アリバイを作ってあげます。わたしがべつな場所にいて、そこで起ったことを全部メモにとります。それを暗記なされば、その時刻にそこにいたと主張できましょう」

「ちょっと面白い方法だな」

「お安く引き受けてあげます。では、いつにしましょうか」

「よし、すぐにはじめよう。場所はどこでもいい。そうだ、ここにしよう。三十分ばかり、ここに立っていたことにしよう。そのあいだに起ったことを、全部メモにとっておいてくれ」

「よろしゅうございます」

S氏は金を払い、会社にとってかえし、かねての計画を実行に移した。

勝手のわかっている会社なので、どこから忍び込めばいいかを心得ていた。そして、金庫をあけにかかった。まえに小型の望遠鏡を使って、会計係がダイヤルを回すのをそっと観察しておいたため、その番号を知っていた。

S氏は札束を、ポケットに移すことができた。もちろん、疑いは内部の者にむけられるだろう。しかし、易者の手伝いでアリバイを作っておけば、自分はまず疑いを免れることができる。

S氏は指紋を残さないように、注意して仕事を終え、ふたたび易者のところに戻った。

「おかげで、うまくいった。お礼に、もう少し金を払おう」

　いまやS氏にとって、それぐらいは大した出費ではなかった。

「ありがとうございます。では、メモを。この三十分に起ったことが、すべて書いてあります。そうそう、少しはなれたところで、ちょっとした事件がありましたよ」

「なんだね、それは」

「ひき逃げです。その車はこの前をスピードをあげて逃げていきましたが、わたしはメモを取っていたので、すぐにナンバーを書きとめておきました」

「そうか、それはちょうどいいじゃないか。よし、わたしはすぐに警察に知らせに行こう。そうすれば、警察がアリバイを保証してくれる形になって、つごうがいい」

　S氏は、さっそく近くの警察に立ち寄った。

「いま、ひき逃げを目撃したので、報告にまいりました」

　警官は予想していた通り、ていねいにS氏を迎えた。

「それはそれは、わざわざ報告においで下さって、ごくろうさまです。みなさんが、こう協力的だと、どんなに助かるかわかりません。で、場所と時刻は……」

「いまから二十分ほど前、この先の人通りの少ない道路です」

「それはありがたい。さっき事故の報告がありましたが、手がかりがなく、弱っていたところです。それで、その自動車の特長かなにか……」

S氏はメモを取り出し、それに目を走らせながら答えた。

「忘れないように、すぐにメモしておきました。赤っぽい車です」

「ナンバーはどうですか。それがわかると、いいのですが」

「もちろん、わかっていますとも。ええと……」

S氏はそれを読もうとして、ふいに言葉をつまらせた。その数字は、ねだられるままに買ってやった、息子の自動車のそれだったのだ。

報告

玄関にチャイムの音がした。

長椅子にもたれ、ひとりでぼんやりとテレビを眺めていたこの家の夫人は、ものうげに立ちあがってそのスイッチを切り、来客を迎えに出た。

「どなたでしょう」

「さきほどお電話をいただき、興信所からまいったものでございます」

と、鞄《かばん》を手にしたまじめそうな青年が、礼儀正しく答えた。

「さっそく来ていただけたわけね。さあ、おあがりになってちょうだい」

夫人に案内されて応接間に通された青年は、あたりを見まわしながら、感嘆の言葉を口にした。

「すばらしい、おすまいですね」

広いその部屋には、あらゆるものがそろっていた。壁には美しい抽象画が飾られ、床には厚いじゅうたんがひろがり、そのすみのほうではシャム猫がおとなしくねそべっていた。

「ええ、主人がかせいでくれるので、なんとか……」

と、彼女はシャム猫のようなスマートな身ぶりで、青年に椅子をすすめた。彼はそれにかけながら、

「おたくのご主人が、うらやましくなりました。奥さまのように若く、お美しいかたと結婚でき、このような生活ができるとは。わたしなど、いつになったら、そんな身分になれるものやら」

と、しばらく羨望《せんぼう》の表情を示していた。だが、やがてわれにかえった。

「ところで、ご依頼なさる調査とは、どのような事件でしょうか」

「じつはね、主人の素行を調べてほしいの」

それを聞いて、青年は意外そうな声をあげた。

「えっ。ご主人は、奥さまのことを愛しておいでなのでしょう」

「それは愛してくれているわ。欲しい物はなんでも買ってくれるし、使いたいお金は、使い道も聞かずに、なにも言わずに渡してくれるの。心から愛してくれていることは、よくわかっているわ」

「それなら、なにも、お調べにならなくても……」

「だけど、女というものはね、愛されているのが自分ひとりでないと、満足しないものなのよ」

「となると、なにか心当りでもおありで……」

「ええ。時どき、帰りがおそくなるの」

「それはお仕事かなにかで、仕方のない場合もありましょう」

「でも、説明してくれない。聞いてみても、大切な仕事だとだけ答え、言葉を濁してしまうし、どうも心にやましいことがあるようなの。気になって、しようがないわ」

「なるほど」

「きっと、ほかに好きな女でも、できたのじゃないかと思うわ。主人のように金まわりがいいと、そんなことも、あるかもしれないでしょう」

「しかし、奥さまのようなかたがおいでなのに、浮気などとは、考えられないことです」

「だけど、あたしには気になるのよ。主人の心のなかに暗がりが残っていては、いやなの。それに光をあて、さっぱりしたいわ。ひとつ、調べていただけないかしら」

「それがわたしの仕事ですから、ご依頼とあれば、お引きうけいたします」

「ぜひ、お願いするわ」

二週間ばかりたったある日。興信所の青年は、夫人に報告をもたらした。

「お待たせしました、やっと調査がまとまりました」

「ずいぶんかかったのね。それで、主人の浮気の相手は、どんな女だったの」

彼は鞄から書類を出した。

「この報告書でおわかりになりますが、浮気ではありません」

「じゃあ、なんだったの。早く見せてちょうだい。あら、その前に費用をお払いしなくてはならないわね」

「いえ、ごらんになってからで、けっこうです」

夫人は、それを受けとった。そして、目を走らせるにつれ、美しい顔は複雑な表情に変っていった。

「ご主人は、やはり大切な仕事をなさっておいででしたね」

青年の言う通りだった。それは、あまり立派な仕事とはいえないもの。人の弱みにつけこみ、毎月いくらかずつを恐喝しつづけるという仕事だった。

「こんなことなら、知らないでいたほうがよかったわ」

と低くつぶやく夫人に、青年は言った。

「奥さまの愛情をつなぎとめておくため、ご主人はこのお仕事をしていたようです」

「そうだったのね。疑ったりして悪かったわ。あたしのために、こんな仕事までしてくれていたとは気がつかなくて」

「ところで、費用のことでございますが」

「それは、お払いするわ」

「いかがでしょう。これから毎月、定期的に」

青年の提案に、彼女は驚いた声をあげた。

「なんですって」

「いままで、世の中にこんなうまい仕事があるとは、知りませんでした。やってみたくなりましたよ。そこで、手はじめに、こちらから、とりかかろうと考えたのです」

「とんでもない話だわ」

「しかし、ご主人のお仕事のことが世間に知れたら、あまり体裁はよくありませんよ。警察ばかりでなく、税務署もほってはおかないでしょう。それを秘密にしておくため、いくらかお払いになってもよろしいでしょう」

「そんなことを言ったって……」

「いえ、無理な額は申しません。金額など、すべて調べてあるのですよ。奥さまはご主人に、いくらでもお金をねだれるのですから、その一部をまわしていただく。それで、なにごとも順調にいくと思います。それとも、いまの生活が崩れてもいいとお考えで……」

夫人は椅子にかけたまま、部屋のなかを見まわした。その答えは考えるまでもないことだった。めぐまれた今の生活とは、別れられるものではない。それに、自分だけを愛してくれる主人とも。

「しかたがないわね。おっしゃる通りにするわ」

と、力なくうなずく夫人を見て、青年はうれしそうに声をあげた。

「おかげで、わたしもやっと結婚できそうです。奥さまに匹敵する、すばらしい女性と」

循環気流

「お忙しいところを、おじゃましますが……」

とつぜん、私の会社にあらわれた男は、こう言ってあたりを見まわした。小さな貿易会社を経営しているのだ。

「どなたさまでしょうか」

「警察のものだ。ちょっと調べたいことがある」

男は、黒い手帳のようなものを出した。それは制服は着ていないが、彼がまさしく警察の関係者であることを証明した。

「な、なんのご用でしょう。け、警察のかたとは……」

身に覚えがあろうが、なかろうが、こんな場合にはだれだって、しどろもどろにならざるを得ない。

「じつは、妙なうわさを耳にしたのだ。この会社で、なにか不正な物を輸入しているらしいという話だ。そこで、念のために調べておきたい。倉庫にある輸入した品物を、ひとわたり見せて欲しい」

「よろしゅうございます」

彼を倉庫に案内した。理屈をこねたり、令状を見せろ、などと断わったりすると、ろくな結果になるものではない。

電灯をつけ、倉庫のドアをあけた。なかには、まだ荷ほどきをしていない、着いたばかりの箱が大量につんであった。彼はそれに目をとめ、指さした。

「あの箱は……」

「ここで扱っている商品です。だけど、べつに怪しい物など、入っていやしませんよ。麻薬のようなものには、わたしのようにまじめな商社は、耳さえかしません」

「まあ、そんな言い訳はいいから、あの箱をあけて、中身を見せてくれ」

「はい。しかし、全部をあけるのは大変です。どの箱も中身は同じですが、どれにしましょう。お好きなのをお示し下さい。それをあけることにいたしましょう」

「そうだな。では、この上から三番目の箱にでもするか」

彼は私に、箱のひとつを指で示した。

「わかりました。いま、おろしましょう」

「手伝おうか」

「いや、ひとりで大丈夫です」

踏台を持ってきて、その指定された箱の荷造りをほどき、ボール箱のふたをあけた。

「ほら、怪しい物などではありません。ただのカンヅメですよ」

箱のなかでは、カンヅメの上の丸い部分が、行儀よくきっちり並んでいる。

「しかし、どうも不審だ」

「な、なにが、ご不審なのです」

「いまの動かし方を見ていると、実に軽々としていた。そんなに軽いカンヅメは、見たことがない。なかに、なにが入っているのだ」

「なんにも入っていません」

「なんだと、ばかにするな。そんな物を輸入して、さばけるはずがない。いよいよ怪しい」

「いえ、ほんとにからです。しかし、売れますよ」

手にとるようすすめる。彼はそのひとつを引き出し、手のひらに乗せ、お手玉のように、ちょっとはずませた。そして、変な顔をしながらうなずいた。

「なるほど、手ごたえがない。で、こんな物をだれが買うのだ」

おもむろに説明した。

「これが外国でいま流行している、空気のカンヅメです。お聞きになったことがおありでしょう。旅行者のおみやげ用が主ですが、わたしはそんな会社と提携し、大量に輸入をはじめました。名所のは一段落。幽霊の出る場所とか、のろわれた土地のがはやりです」

「なるほど、聞いてはいたが、これがそうか」

相手が感心したのに乗じて、私は少しはったりをきかした。

「そうなのです。近く、エクトプラズムのが作られるそうです。あける気になりますかな」

煙に巻いたつもりだったが、相手はさすがに慎重だった。

「で、これはどこの空気なのだ。レッテルには女の顔の写真がある。見たことのある……」

「いま最も人気のある女優ですよ。これは彼女の寝室の空気です。このてのものは、いまだに人気がある」

しかし、相手は目じりを下げなかった。

「どうも信じられん。カンのなかに麻薬の包みでも、テープで止めてあるのでは」

「弱りましたな。では、あけてみましょう。彼女のにおいをおかぎ下さい。できれば電気を消し、暗くしたほうが感じがでるものです」

ポケットからカン切りを出す。だが、彼は電灯を消させなかった。

「明るいままで、あけてみせろ。それから、まさか毒ガスなんかが出てくることはあるまいな」

「疑い深いんですね。では、わたしもいっしょに、においをかぎましょう」

二人の顔のあいだで、カンがあけられた。香水のにおいが、かすかにした。私は彼に笑いかけた。

「保証はできませんが、夢としての価値ですよ。目をつぶってごらんなさい」

しかし、彼はつぶるどころか、さらに目を光らせて、なかをのぞきこんだ。

「なるほど、なかは確かにカラだ。そうすると、このカンそのものが怪しいことになる」

「ほんとに疑り深いんですね」

「職務だからな。このカンに、なにか含まれているのではないかとも思える。このごろは希少金属の密輸入もあるからな。これを分析にまわして、調べてみたい」

私はいささか憤然とした。そこで、レッテルをはぎとり、そのカンを相手につきつけた。

「じゃあ、お持ちになって、よく調べてみて下さい。ただの鋼鉄ですよ。産出量の少ないものは、含まれていません。変に疑われながら商売をつづけるのは、あまりいい気持ちではありませんからね」

相手は、それをポケットにおさめた。

「まあ、そう怒らないで下さい。これが仕事なんですから。では、いちおう分析はしてみます。ただの鉄だったら、疑いはすべて晴れます。どうも、ご迷惑をかけました」

「なにぶんよろしく」

と、私は彼を見送り、ほっとして冷汗をぬぐった。そして、いま丸めて捨てたレッテルを拾いあげ、ていねいにしわを伸ばした。これがいちばん大切なものだ。このレッテルをある溶液につけると、文字と数字とが浮き出てくる。製造ナンバーのようだが、ある国の暗号通信の、極秘のリスト。全部そろうと、解読用の手引書となる。秘密機関の支部に、きわめて高価で売れるのだ。

専門家

どなたでも、殺人をなさった時、あるいはこれから殺人をという時、いちばん頭を悩ますのが、死体の処理についてだろうと思う。そんな場合は、病気と同じこと。素人の手で、へたにいじらないほうがよろしい。事態を悪化させるばかり。

素人のかたは、なれていないくせに、なんとか自分だけで始末しようとする。汗を流し、胸をどきどきさせ、物音も聞こえないのにきょろきょろ見まわし、ため息をつく。

ぐずぐずしてはいられないので、捨てやすいように包丁で切ろうとする。そして、切りはじめてから、流れ出る血があまりに多いのを知って、あわてふためく。切れば血が出るといった常識さえ、かっとなると忘れてしまうのだ。ますます収拾のつかないことにしてしまう。私のようなベテランから見ると、いじらしくてはらはらする。

そう、私はこの道の専門家。そんな時には、ためらうことなく、すぐご連絡を。決して、悪いようにはしません。それどころか、この分野では匹敵するものがない。芸術的ともいえる、熟練した技術。絶対に秘密裏に行うという、長い信用。それに、最新の科学設備を持ち、スピードの点でもどこにも負けない。ご利用なさったかたがたには、あとあとまで感謝されている。失敗したことは、一回もない。

しかし、堂々とそんな看板をかかげているのでないことは、いうまでもない。あくまで副業。本業のほうは、ご覧のとおりR葬儀社。死体を扱っても落ち着きを失うことがないのが、これでおわかりと思う。それに、霊柩車《れいきゅうしゃ》だって持っている。これに乗せれば、死体をゆうゆう運ぶことができる。

そして、お寺に隣接して買って、墓地らしく作りあげてある、私の土地に埋めてさしあげる。また、海に沈めて欲しい、ブタのえさにして欲しいなどと、とくにご希望のある時には、もちろん、ご希望に応じる。

みなさんは、それより霊柩車を入れにくい場所の時にはどうするのか、といった疑問も持つと思う。その準備もすべて整っている。この箱には、各種の道具が揃っているのだ。

たとえば、ビルの屋上で、女の子を殺してしまった時。かけつけた私は、まず彼女の死体を裸にする。そして、道具箱のなかから、この噴霧器を取り出す。これは白い塗料を含んだ、液体プラスチック。まもなく死体は乾いて、白くツルツルになる。その顔の上に、あらためて目鼻を描きあげる。マネキン人形そっくりの表情に。これを肩にかつげば、怪しまれることなく街を運べる。時には警官に、

「困りますね。せめて、布でも包んで下さいよ」

と注意されるから、そのための布も用意はしてある。

もっとも、ふとった男では、そうもいかない。そんな場合は、プラスチックにまぜる塗料を灰色にして石像にしたり、黒っぽくして銅像にしたりする。こうしてトラックに積めば、大丈夫だ。不審の目で眺められた時の用意もある。道具箱のなかの、このハンマーでたたけばいい。石像の時にはガチッと鳴り、銅像の時にはカーンと音をたてる。

もちろん、ハンマーの押しボタンで装置が出す音だから、まちがえたら一大事だ。しかし、そこは専門家、そんな失敗はするはずがない。

屋内の死体の場合は、さらに仕事がやりやすい。部屋には、たいていコンセントがついているからだ。コードの一端をさしこみ、この無音電気ノコギリを使う。これは腕を切断するのに五秒、胴で十秒という高速ノコギリ。血が流れでることには変りないが、それを防ぐ装置もついている。完全な計算の上に設計されたハネ押えが、これだ。血しぶきのハネを、防いでくれる。

また、同時にノコギリの両側からは、同じく液体プラスチックが流れでてくる。これは切りやすくするための潤滑油ではない。切るはしから瞬時にかたまり、血を止めるのだ。切断面に付着すると、たちまち乾き、血はまったく出てこない。

こうして死体を適当な大きさの部分に分ければ、どこへでも輸送できる。あとは一切の臭気を消す薬品を、噴霧器であたりにまき散らせば仕事は終りだ。

大至急の場合のため、道具箱のなかにはバーナーもある。短時間のうちに死体を灰にしてしまう、超高熱バーナーだ。だが、へたに使うと、火事を起しかねない。そのうちこの欠点を改良し、みなさんのご用命に役立たせたいと思う。

どうです。専門家となると、ちがうでしょう。あ、電話が鳴っている。またお客らしい。受話器をとると、やはりそうだった。

「例の仕事を、たのみたいのだが」

「はい。承知いたしました。物は、どこにあります」

「いや、まだだ。今夜十二時、公園の林のなかで殺すから、あとをたのむ」

「はい。たちどころに片づけます。ところで、どう始末いたしましょうか」

「いいように、やってくれ。おれのしわざと、わからなければいいのだ」

「はい。その点は、ご心配なく」

私は金を銀行に払い込むよう指示し、その場所をよく頭に入れた。そして、夜になるのを待った。

この、夜の公園というのは、意外にむずかしい。自動車が入れないから、霊柩車はだめだ。銅像にするのも、持ち込むならいいが、運び出すとなると泥棒と間違われる。コンセントがあるはずはないし、バーナーも光が輝きすぎて目につきやすい。しかし、そこは専門家。

小さな鞄を持って、公園に行った。なるほど、その場所には首をしめられた、ひとりの男が倒れている。まず、噴霧器で、まっ黒な塗料をまんべんなく吹きつけた。つぎに携帯用の水素のボンベを使い、小型の黒い気球をふくらませる。黒い死体をそれに結びつけると、星のない夜空にふわりと浮いた。そのヒモの端をにぎり、歩いて公園を出る。

大通りに出たが、街はうす暗く見つかる心配はなかった。酔っぱらいらしいのと二、三人すれちがったが、まさか上に死体を持っているとは、気がつかないようだ。

軽く歌を口ずさみながら歩いていると、ふいに気球が動かなくなった。

「これは変だ」

上をむき、目をこらしてその原因をたしかめてみると、気球のヒモが、ホテルらしいビルの二階のバルコニーにひっかかっている。私はヒモをつたって、バルコニーにあがった。

ヒモを外しながら、なんの気なしに部屋をのぞくと、なかではだれかがぐっすりと眠っている。そこでちょっと、いたずら心がわいてきた。死体を外し、窓をそっとあけ、なかに押しこんでしまったのだ。こうしておけば、だれかが罪をひきうけてくれるだろう。ひどい話だが、お得意さまが第一なのだ。

それにしても、まさかあの部屋に、依頼主がとまっていたとはねえ。彼は目がさめたとたん発狂し、いまは神経科の病院のなかにいる。

とはいえ、私はあくまで専門家だ。素人のみなさん方よりは手ぎわのいいことに、まちがいない。安心してご用命下さい。いままでの商売のうち、失敗したことはこの一回だけしかない。

年間最悪の日

〈拝啓。いつも当社の製品をご愛用いただき、ありがとうございます。さて、このたびの懸賞で、あなたが特等に当選なさいました。とりあえず、お知らせいたします……〉

速達でとどけられた手紙の、このような文面を見て、彼は自分の表情が、とけかけたソフトアイスのように変ってゆくのを感じた。

彼はふと気がつき、笑いはじめるのを中止した。そして、壁のカレンダーを眺め、つぎにそばの新聞を手にして、こうつぶやいた。

「うむ。きょうが四月一日でないことは、たしかだな」

毎年、エープリル・フールの日になると、彼はきまって悪友たちによって、いっぱい引っかけられることになっていたのだ。

昨年は夜になってほっとしたところを、電話で起されて「見ろ。集団催眠の実験で、大ぜいが行列して歩いている」と知らされた。あわてて夜の道に飛び出し、あたりを見まわし、通りがかりの人に笑われる目にあった。

おととしは「だまされやすい男、という題で、きみが小説のモデルにされている」と言われ、何軒かの本屋をかけ回ってしまった。

その前の年は「殺し屋らしいのがねらっている」とだまされて、一日をものかげにかくれてすごした。

そのまた前の年は「かわいい女の子から、ことづけがあった」という単純な手で、ひっかけられた。

記憶に残っている限り、四月一日は彼にとって、年間最悪の日だった。ことしこそは、と用心していても、悪友たちはつぎつぎと新手を考え出す。もともと、自分でも少しぬけていると思っているくらいなので、それは防ぎようがなかった。そのため、春先になるとびくびくし、いくらかノイローゼ気味になる。

だから、カレンダーと新聞だけでは、安心して喜ぶわけにはいかなかった。彼は電話機に近より、気象台を呼び出した。応答があった。

「お天気のことを、おたずねでしょうか」

「いえ、きょうは何月の何日かを、知りたいのです。日づけを扱っている役所は、そちらでしょうか。きょうは、四月一日でないかと思いましてね」

「それでしたら、ここでもわかります」

女の声は笑いながらも、答えだけはしてくれ、きょうが四月一日でないことが知らされた。

しかし、彼はなぜか信用できない気分だった。どことなく、うそのにおいがただよっている。そこで彼は、でたらめな番号へ電話をした。そして出た、だれともわからぬ声にむかって聞いてみた。

「もしもし、きょうは何月の何日でしょう」

「いいかげんにしろ。こっちは忙しいんだ。クイズなんかの相手になっては、いられない。からかっているのか、それとも、そっちの頭がおかしいんじゃないのか」

彼はあわてて切り、しばらく考えた。やがてうなずいて、もう一度かけなおした。こんどはメモを調べて、行きつけの医者の番号に。

「先生ですか。わたしです……」

彼は、つづけて自分の名前をいった。

「どうなさいました。急病ですか」

「そんなようなものでしょう。どうもきょうが、四月一日のような気がしてならないんです。どうしたわけでしょう」

「うむ、そうですな。春先ですし、少し疲れてもいるのですよ。きっと、毎年おなじようにかつがれるので、それを気にしすぎたせいでしょうね。診察してあげますから、おいでなさい。ほっておいては、よくありませんよ」

　彼は勢いこんで、つぎの質問をした。

「すると、先生。おかしいのはわたしの頭のほうだ、とおっしゃりたいのですね」

「ええ、まあ、いいにくいことですが、早くいえばそうです。きょうは四月一日ではないんですから」

「そうですか。それをうかがって、ほっとしました」

　彼は電話を切り、さっきからおあずけになっていた笑いの表情を安心してひろげ、大声をあげた。

「ばんざい。そうこなくちゃいかん」

　だが、この喜びの叫びは大きすぎ、彼の眠りを終らせた。夢を消し去るように目をこすり、彼は壁のカレンダーを見て、そして知った。いまが四月一日の朝であることを。

模型と実物

いくつもの時計が、夜の十二時を示していた。ここはアール貴金属店。私はその店員で、今夜は宿直として、ただひとり店に残っている。

ふつうなら、いまごろは宿直室でラジオの音楽に聞きいっているころだが、今夜はちがう。

開かれた金庫の前の床のうえに、だらしなく横たわったかっこうで、私は押し殺した話し声と足音とが遠ざかって行くのを聞いていた。まわりには置時計だの、洋銀製の優勝カップなどが散乱している。やつらは、こんな物には目もくれなかったのだ。やつらの目あては、金庫のなかにあった十八金の飛行機の模型だった。

これはある航空会社が、こんど新しく就航する機種の宣伝のために、うちの店にそれとそっくりの模型を作らせたのだ。そして、しばらくのあいだ、航空会社の了解のもとに昼間はショーウインドウに飾られ、まばゆい光を放っていた。

それがいけなかった。うちの店にも、航空会社のためにも、大いに宣伝にはなった

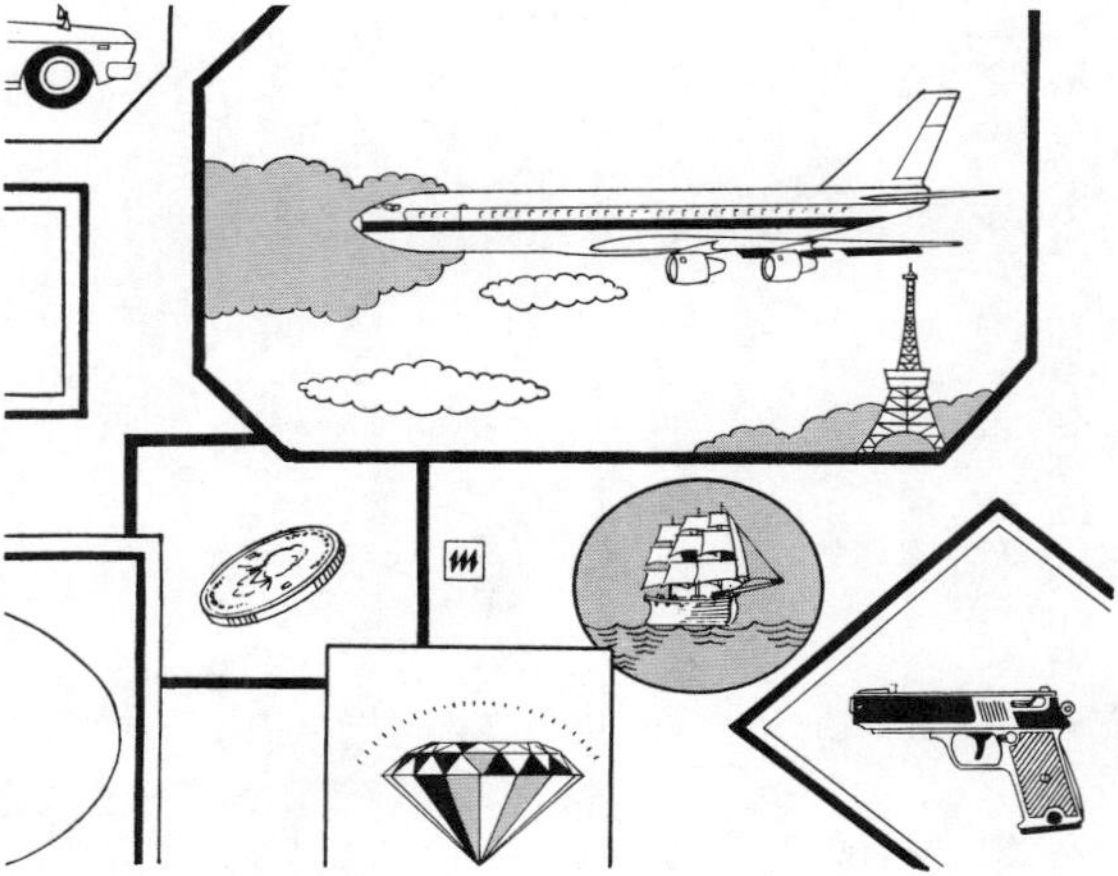

のだが、なかにはこのように、なんとしてでも手に入れようと企てる者もでてくる。

もちろん、夜になると支配人がそれを金庫に移し、自分で鍵をかけることになっていた。それも、悪の専門家の手にかかっては、そんなことでは防ぎきれない。

「そろそろ起きてもいいだろう」

足音がまったく消え去ったのをたしかめ、私はこうつぶやきながら立ち上った。本当なら、もっと長く倒れている約束だ。そして、そとに通行人の足音が聞こえたら、大きなうめき声をあげ、発見してもらわなければならないのだ。

しかし、そんなばかばかしい事など、できるものではない。電話をかける。

「こちらは警察です。なにか事件ですか」

と、たのもしい調子の声が聞こえてきた。それに対して、私はあわてた調子で答えた。

「た、大変です。強盗にやられました。すぐに来て下さい。こちらはアール貴金属店です」

電話を切ってしばらくすると、パトロールカーのサイレンが聞こえてきた。そのすばやさに、私はさらに信頼感を抱いた。かけこんできた警官は、すぐに質問をぶつけてきた。

「どうしました」

「はい。金庫のなかにあった、飛行機の金製の模型を盗まれました」

開いたままの金庫を指さす。

「ああ、いま話題の模型だな」

と、警官もそれは知っていた。たしかに宣伝の役にはたっているようだ。私がうなずくと、

「さあ、落ち着いて、事件のようすを話して下さい」

「落ち着いているわけには、いきません。手おくれになったら、一大事です。そうなると、わたしの責任です」

この言葉に、警官は聞きかえした。

「あなたは……」

「わたしは店員。きょうは宿直なのです」

「ところで、強盗は何人で、どこから侵入してきましたか」

「二人組でした。その裏口からです」

「しかし、鍵はかかっていたのでしょう」

「ええ。見知らぬ相手には注意しなくてはいけないのですが、勢いよくたたかれ、火事だ、と叫ばれたので、ついあけてしまいました。このままでは、わたしの責任です。それどころか、やつらの一味と思われてしまいます」

警官はうなずき、疑い深い表情だった。もっとも、疑われても仕方ない。じつは私の手引きがあったからこそ、やつらも侵入できたのだ。

「ふむ。非常ベルはどうだった」

「もちろん、あたりの品物をぶつけ、すきを見てベルを押そうとしました。しかし、相手は二人で、刃物を持っています。わたしはついに負け、刃物をつきつけられ、模型を入れてある金庫がどれだかを、教えなければならなく……」

「うむ。それで……」

「ひとりがわたしを見張り、もうひとりが金庫をいじる。そいつは、金庫破りの名人らしい。用意してきたドリルで穴をあけ、針金のようなものをさしこみ、簡単にあけました。金庫があしてあけられるものとはね」

まったく、やつの手ぎわは、うらやましくなるほどだった。私ではとても、ああうまくはいかない。

「あなたは、黙って見ていたわけですね」

「刃物を、つきつけられていたんですよ。やつらはなかの模型を見つけるやいなや、もう用はないとばかり、わたしの腹に一発くらわせた。わたしは、床にぶっ倒れたのです」

「なるほど」

と、私が痛そうになでている腹を、警官は露骨な疑惑の目で見つめた。あまりいい気分ではない。それを消し去るために、声を高めた。

「早くやつらをつかまえ、品物を取り戻して下さい。ぐずぐずしていると、つぶしにされ、そうなったら手のつけようがありません」

「しかし、どこへ逃げたか、手がかりはまだつかめていないんです」

「逃げた先は、わたしが知っています」

「知っているって……。どうしてそれを」

「わたしは気を失ったふりをして、床に倒れたのです。それを見て安心したのか、やつらは気を許して話しあっていました。少しでも動いたら殺されると思うと、こわさと痛さで、冷汗びっしょり」

やつらのかくれ家は、私も何度か訪れているのでよく知っている。

「どこだ。それは……」

警官の質問に、正確に答えてやった。仲間を裏切ることに、心の奥のほうで良心の呵責のようなものが、少しばかりうずいた。

しかし、いまは、そんなことを気にしている場合ではない。

やつらはあれだけの物を持ち去ったのに、私にはほんの少ししか分け前をよこしていない。あんな連中に対して、良心なんかを抱くことはない。

地図まで書いた。警官は疑いを、少しばかり解いたようだった。

「急いで追いかけ、あれを取りかえして下さい」

「よし。すぐ行ってみる」

警官の乗ったパトロールカーは、夜の街を走り去った。

サイレンを鳴らさないのは、相手に気づかれないためだろう。

「うまくゆけばいいが……」

しばらくのあいだ、くりかえしてつぶやき、落ち着かない気持ちで待つ。やりそこなったら、とんでもないことになる。運命のわかれ道に、たたずんでいる状態なのだ。

やはり、警察の活動はすばらしかった。やがて、さっきの警官が包みを片手に戻ってきたのだ。

「どうでした。犯人は。品物は……」

私のせきこんだ言葉に、彼は答えた。

「犯人は二人とも逮捕したし、品物はこの通りぶじに取りかえした。やつらはだいぶ抵抗したが、われわれのほうが強かった。二人ともまだ気を失ったままで、車のなかにぐったりしている」

やつらがいい気分で戸をあけ、警官とわかり、あわてふためいたにちがいない。きっと、この模型だけは渡すまいと、必死の抵抗をしたのだろう。ばかなやつらだ。

「ありがとうございます。おかげで、わたしも助かりました。品物が戻らなかったら、一大事でした」

と、心からのお礼をのべる。私の表情には、喜びの笑いがあふれた。

警官の目には、疑いの影など、まったく残っていなかった。そればかりでなく、

「これも、あなたの協力のおかげです。危険な状態にあったにもかかわらず、やつらの会話を沈着に覚えてくれていたからです。いずれ、逮捕への協力ということで、感謝状がでることになるでしょう」

と、言った。そして、包みをあけ、十八金の模型を私にさし出した。

「さあ、盗まれた品物です。金庫がこわれているのだから、ドアには厳重に鍵をかけ、朝まではだれも絶対に入れないようにね」

「もちろん、こんどこそ、だれも入れるものですか」

私はそれを受け取り、去ってゆく警官を見送った。念を押されるまでもなく、朝まではだれも入れはしない。

ここからは、私が出て行くのだ。さあ、急がなくては。早いところこれをつぶし、売りとばし、朝までに空港に行かなければならない。

模型もいいが、本物に乗って、外国への旅もいい。別荘も買えるだろう。黄金の魅力と巧みな宣伝は、人の心をその気にさせる。

老後の仕事

指定された待ち合せの場所は、大きなビルの一階にある喫茶店だった。私はステッキを片手に、その入口にたたずんでのぞきこみ、それらしい人物を目でさがしたが、見あたらない。腕時計をのぞくと、約束の時刻にはまだ少し間がある。なかに入り、すみのテーブルの椅子にかけて待つことにした。

「なんになさいます」

とウエートレスが聞きにきたので、

「暖かいミルクを」

と答える。本当はコーヒーのほうが好きなのだが、血圧や心臓によくないと聞いて、このごろは飲むのをひかえている。運ばれてきた、白く、甘いミルクを、のびのびと味わう。いままでに、ミルクをこれほど味わいながら飲んだことがあっただろうか。

三日ほどまえに、私は仕事から手をひいた。ふつうの会社なら、定年とでも呼ぶのだろう。そばの壁面に張りつけてある大きな鏡にうつっているように、そう老いこん

でいるわけではない。としは五十五歳。まだ働き盛りで通る年齢だ。

しかし、近くで見ればわかるように、白髪はめっきり多く、顔のしわも深い。やってきた仕事は、人の何倍もの気力と体力を必要とし、たえまない緊張の連続だった。そして、このあいだ、なにげなく医者に見てもらった時に、血圧も心臓もなみ以上に老化状態にあることを教えられた。そこで、思いきりよく引退することにきめたのだ。

「まだまだ、お元気です。わたしたちは、あなたの手腕に、みな心服しております。ぜひ、もうしばらく、おつづけ下さい」

部下たちは、声をそろえてこう言ってくれたが、私の決意は変らなかった。

「そう言ってもらうのは、うれしい。しか

し、人間であるからには、いつかは引かなくてはならないし、引けどきというものもある。一日のばしにつづけていたら、きりがない。これからは、若いおまえたちでやってみてくれ。わたしは疲れたし、これからは、ゆっくりと人間らしい生活を味わいたいのだよ」

たしかに、働きつづけだった。二十年あまり、密輸の仕事を指揮してきたのだ。いうまでもなく、利益は大きかったが、非合法な仕事のため、一刻も気をゆるめられない。いま思いかえしてみても、発覚寸前までいったことが何度あったか、とても数えきれるものではない。よくこれまで、無事に切り抜けられてきたものだ。運がよかったのだろう。

そんなわけで妻と息子といっしょに楽しくすごした日々などは、ほとんどなかった。仕事の上ではよい指揮者だったろうが、よい夫、よい父とは言えなかったようだ。充分すぎるぐらいの生活費を妻に渡していたとはいえ、それだけではいけないのだ。

息子も来年は大学を卒業。いままではかくしつづけてきたとはいえ、なにかの拍子に私の仕事を知ってしまわないとも限らない。息子だけは、まともな勤めについてもらいたい。

いまが、引退のよい時期だろう。これからはすべてを切りかえ、家庭生活を味わいつづけたいものだ。まず、妻子をつれて旅行でもしてみよう。どこに出かけたものか……。

目を閉じて、こう考えていると、ふいにうしろから肩をたたかれた。ふりかえると、中年の男が立っていて、私のステッキを指さし、

「いいのを、お持ちですね」

と聞いた。約束の人らしい。聞きかえしてみる。

「ええ、じつは権利を買いたいと思いましてね。あなたでしょうか」

「はい。さようでございます。では、くわしいお話は、事務所のほうで……」

と、私をうながした。彼の事務所はこのビルのなからしく、彼とともにエレベーターに乗り、上にあがる。そして、小さな部屋に案内された。

「どうも、せまい所で。しかし、わたしひとりでやってるので、この程度で充分なのです」

と、彼は窓ぎわの椅子をすすめた。窓からは、道路を見下すことができた。部屋の壁には書類棚が並べられてある。私はそれに目をやりながら、用件を切りだした。

「聞くところによると、こちらである種の権利を売買なさっているそうで。そのことで、ご相談にと……」

相手も、いちおう用心深かった。

「それはそれは。だけど、なんでまた、こんな権利をお買いになろうとするのです。たしかに、わたしどもでは権利の売買の仲介はいたしておりますが、それが特別なものであることは、ご存知の上でしょうね」

「それは知っています。じつは、いままでやっていた仕事から、引退しました。これからは、ゆっくり人生を楽しむつもりです。しかし、まったくなにもしないでいては、老いこむのも早い。そこで、貯めた金で、あまりからだを使わなくてもいい仕事をしようと考えた。例の権利が買えれば、ちょうどいいというわけなのです」

「ははあ、引退後の生活で、趣味と実益とを兼ねようとなさるのですね」

「まあ、そんなところです」

「しかし、恐喝の権利ですから、せっかくお買いになっても、なれてないと充分に利用できないものでございますよ」

「よく知っています。それくらいなら、できると思います。いや、わたしにやれることからの仕事といったら、まさに適当でしょう」

私は、自嘲をおびた笑い声をたてた。

「それなら、よろしゅうございます。こちらは売買の手数料さえ入ればいいのですから、お客さまの過去については、これ以上お聞きするのはやめましょう」

彼は安心したようになり、一枚の紙をとり出した。それには細かい数字がきれいに書きこんであった。それを指で示しながら、説明した。

「ここにたてに並んでいる数字が、恐喝によって定期的に得られる金額です。こっちの列が、ただいまの相場の金額です。そして、それぞれに並んだはじの数字が、利回りというわけです」

「利回りに、ずいぶんちがいがありますね。なぜ、こんなに差があるのです」

まず、頭に浮かんだ疑問を聞いてみた。

「ええ、相場は、いろいろな要素できまりますからね。たとえば根拠の薄弱な対象では、なかなか取り立てに骨が折れます。また、相手の財政状態が悪くては、これも取りにくい。そんなのは利回りはよくても、相場は安いわけです」

「株式の相場と、同じようなものですな」

「ええ。しかし、株よりはるかに面白いと思いますよ。人生のありとあらゆる条件が要約されて、この時価がきまってくる。わたしなど、ひとりでこれを眺めていると、じつに楽しくて仕方ありません……」

彼はさらに、いろいろな例をあげた。確実な相手でも、年をとり寿命の残りが少なくなってくるにつれ、相場が下ってくること。インフレ、デフレの影響。私ははじめてのぞくこの世界のことを、興味を持って聞いた。彼は決して対象の名を言わなかったが、それは当然のことだろう。へたにもらして、金を出さないお客に対象を荒らされては困るのだ。

どれに決めたものかと、首をかしげた。

「どれにしたものでしょうな。さっきも言ったように、老後の仕事としてやりたいわけです。相場は高くても、確実なのが欲しいですね。それに、いざという時には売りやすいといったものが。いや、ぜいたくな注文ですかな」

「そうですね。では、これなんかがお買い得です。いままでの持ち主が急にまとまった金を必要とし、急いで売りに出している権利です。そのために相場は安くなっていますが、相手は確実で、取り立ても簡単です。いまのあなたのご希望に、ぴったりですね」

「ほんとに、大丈夫だろうな」

「それは、もちろんです。いいかげんな権利をお売りしては、信用にかかわりますから」

そこで、私は代金を払った。

「では、それを買うとしましょう」

彼はそれに応じて、書類棚から大きな封筒をとり出し、私に渡した。

「このなかに恐喝に必要な書類一切と、その取り立て方法を書いたものが入っております。お読みになれば、すべてわかります。お買いあげ、ありがとうございました。お気に召しましたら、新しくいろいろ取りそろえておきますから、またどうぞ」

彼がくどくど言うのをあとに、急いでその部屋を出る。これからの新しい仕事の対象を、早く知りたいからだ。

人かげのない廊下で立ちどまり、そっと封筒をあけ、なかの書類をのぞいてみた。もしそばにだれかいたら、顔色が急変し、心臓の発作を起すところを見ることができたろう。その恐喝の対象は、私の妻。その子供が浮気の結果であることを、夫にかくしつづけるための。

悪魔のささやき

〈おい、おまえはこの手紙を、不審そうに読みはじめることだろう。そして、読み進むにつれ、顔色が変ってくることと思う。しかし、途中で投げ捨ててはいけないぜ。もっとも、こういった手紙を、途中までやめるやつもいないだろうが……〉

その青年は悪魔的な表情を浮かべ、便箋《びんせん》にこう書きはじめた。

彼は地方から出てきて、都会の小さな会社につとめ、仕事が終るとひとりでこの下宿に戻る。このような青年にとって、都会という悪魔は恐るべき影響を及ぼしてくる。

下宿の部屋の片すみには、テレビが置いてあるが、その画面では、たえまなく殺人事件が発生している。

新聞の社会面を開くと、またも殺人。週刊誌も同様。小説を読んでみれば、殺人につぐ殺人、犯罪につぐ犯罪。道を歩けば大きな映画館のポスター、それには殺人、拳銃、拷問、戦争。どこもかしこも、犯罪だらけ。

もちろん、子供のころから、このような環境で順調に成長してきた青年ならば、

「あんなものは、みな絵そらごとさ。むかしのおとぎ話と同じに、一種の娯楽さ。考えてみれば、むかしのおとぎ話のほうがもっとひどい。かちかち山のウサギの残酷さなんか、恐るべきものだ。やけどをさせたうえ、とうがらしをぬりつけ、容赦をしない。それにくらべたら、現代のほうが、まだしもか」

といった、ごく健全な考え方を持っているわけだが、この青年のように、まじめに考える者にとっては、そうならない場合も起る。

都会とは、犯罪のいっぱいつまった巣ではないのか。こう思いはじめたら最後、この妄想は頭のなかでしだいに大きくなってゆく。道を歩いている人が、みななにかしらの犯罪者に見えてくる。そして、なにも犯罪をおかしてない自分ひとりが、のけ者にされているように思えてくるのだ。

身なりのいい紳士は、

「詐欺には飽きたな」

と、鼻の先で笑っているようだし、別な男は、

「汚職をしない者など、あるものか」

と、腹のなかでつぶやいているようだ。肩をいからした青年は、

「人を殺して、気にしていられるかい」

と、とくいそうだし、子供の手を引いた上品な主婦さえ、

「あなた、万引のスリルを、味わったことがおありになって……」

と、高慢そうに笑いかけているようだ。

ちくしょう、みなでおれをばかにしていやがる。たえられない劣等感だ。

「なにを、おれだって……」

と、反発してみるものの、さて、なにをやったかとなると、なにひとつ思いつかない自分に気がつき、いっそうみじめになる。立小便すら、したことがないのだ。

都会人のなかまに入るには、なにかやらなくては。この強迫観念は、悪魔の手によって、彼の心のなかで徐々に大きく育てられ、ついに便箋にこのような文句を書かせるに至ったのだ。

〈……いいか。どうしても一千万円が必要なのだ。すぐといっても無理だろうから、二日間の猶予をやろう。そのあいだに用意しておけ。いうまでもないことだが、警察には知らせるな。もし、警察に知らせでもしたら、おまえの子供の命をねらうからな。このことを忘れるなよ。いずれ、受け渡しの方法については連絡する〉

あまりうまくない字でこう書き終り、その便箋を折りたたみ、封筒に入れ、封をした。いくらか満足したような表情になる。そして、ちょっと首をかしげた。ここまで

はやってみたものの、これに書くあて名の心当りがない。

しかし、都会に巣くう目に見えぬ悪魔は、このいいお得意先を放しはしない。彼の心にこういう声を吹きこんだ。

「それで、やめてしまうのかい。そんな物を書いてみたって、書いただけでは犯罪者の仲間入りはできないんだぜ。それを出すんだ。切手代ぐらい、けちけちするな。それを出してこそ、一人前だぞ。立派な犯罪だ。捨ててしまったら、逆戻り。また、目を伏せながら道を歩かなければならない。それがいいのか。出せ。出せ。どこへでもいいから、出すんだ。さあ、切手をはれ」

切手をはる。もはや破り捨てる気がしなくなる。だが、あて先の思いつかないまま、あたりを見まわす。

どこかに、あて先はないものか。こう考えて見まわす目の先に、悪魔はさっきから、さりげなく電話帳を置いておいた。彼はそれを見て、手をたたく。

これだ、これだ。これのなかには、数えきれないあて先がつまっている。選ぶのに困るくらいだ。よし、これをさっと開き、最初に目にとまった名前を書くとしよう。これなら自分も満足し、しかも、だれにも迷惑はかからない。

彼はにっこりとし、超論理的な考え方をし、ますます悪魔的な表情になりながら、ひとりの男の名前を封筒の上に書きうつした。

　悪魔はそれを応援した。

「そうだ。いいぞ、いいぞ。こんどはそれを、ポストに入れるんだ。簡単なことじゃないか。もう少しで一人前だぞ。しかも、犯罪のなかでも特に罪の重い、子供をたねに金をゆする犯人になれるんだ。なに、ばれることなんか、あるものか。お前の筆跡なんか、調べようがない。それに相手とおまえとは、なんのつながりもないんだから、そこからばれてくる心配もない。絶対に安全だぞ。安全保証つきの悪がやれないのか」

　ついに悪魔の勧誘に同意する。そして、それをポストに投げ入れてみた。これまで、しつっこく勧誘をすすめてきた悪魔は、用事がすみ、べつな人間に移っていったのか、もう彼にはささやいてこなかった。

　たしかに、さっぱりした気分になれた。やっと、犯罪者の仲間に入ることができたのだ。あて名の名前は電話帳を閉じ、ポストに入れてしまってはもはや調べようもないが、それでも犯罪をしたことに変りはない。

　道を歩いてもすがすがしく、いままであれほどのしかかっていた劣等感も消えていた。だれもかれも、親しい友人に見えてきた。

「おれだって、おまえさんと同じだぜ。おまえさんは、なにをやらかしたんだい。電車のキセル乗りと大差ない、小さなごまかしとちがうのかい。おれなんか、そんな物とくらべものにならないぐらいの、大それたことを試みたんだぜ」

と、そばの人の背中をたたきたいぐらいの思いだった。なにか青空のもとを、思いきり飛ばしてみたいような気がした。

そして、何日かのちに、彼はそれを文字通りに実行した。

つぎの日。近所の知人からバイクを借り、休日の街を走った。

どうだい、おれを知ってるかい。こうつぶやきながら、都会じゅうを走りまわりたい気分だった。

しかし、スピード違反をするほど、羽目は外さなかった。そんなけちな犯罪は、やらないんだからな。

「おっと。気をつけてくれよ」

危うくぶつかりそうになった中年の男に軽く声をかけ、走りつづけた。

まもなく、うしろからパトカーのサイレンが聞こえてきた。あれがおれを追いかけるサイレンで、必死に逃げているとしたら、ちょっとした映画のシーンになるんだがな。

彼はべつに、スピードをあげなかった。ブレーキをかけ、道ばたでとまり、パトカーの追い抜くのにまかせようとした。

サイレンの叫びは、たちまち迫り、彼のそばでとまった。

「なんでしょう。ぼくは、なにも落しませんが」

彼は落し物を拾って追いかけてきたのではないかと思い、おりてきた警官に聞いてみた。

「お手間はとらせません。ちょっと署までいっしょに来て下さい」

「なんですって。ぼくはなにもしませんよ」

「いや、いま、中年の男にぶつかりそうになった」

「しかし、なんともなかったでしょう。そんなことで署まで行かなくてはならないなんて、聞いたこともない。それとも、あの人がなにか特別な人なんですか。ちっとも、えらそうに見えませんが」

「そうだな、ある点で特別な人なんだ。じつはあの男の父親、もう八十歳の老人だがね、それに脅迫状が来た。金を出さぬと、子供をねらうといったものだ。そこで、ひそかに監視していたんだ。おそらく冗談とは思うが、万一、危害でも加えられたら問題だからな。さっきのきみの場合も偶然だろうが、いちおう調べておかなくてはならない。すまないが、ほんの形式だけだ」

「なにを調べるんです」

「きみの部屋を、ちょっと見せてもらうだけだ。脅迫に使われた便箋、封筒があるかどうか、それときみの筆跡を、鑑定用に少しだけもらうことになるだろうな。すまないが、これがわれわれの仕事だ。心配することはないよ。われわれには、すぐわかる。きみはそんな悪いことなんか、できる人間じゃあない」

組織

静かに酒を飲むのだったら、このようにホテルのバーに限る。心の悩みになんらかの解決法を見いだそうと、思いをめぐらしながら、ひとり酒を飲むとしたら、ここぐらい適当な所はないようだ。

カウンターを前に高い椅子にかけ、すでに何杯目かのグラスをあけた。しかし、心の悩みはいっこうに解決せず、胸のなかで大きくなり、ついに言葉となって口から出た。

「ねえ、きみ……」

私はバーテンに声をかけたのだ。いままで黙っていたその若く、清潔で、利口そうなバーテンは、声をかけられて、はじめて礼儀正しく答えた。

「はい、なんでございましょう」

「しばらく、話し相手になってくれないかね」

「はい」

「わたしは推理小説を書くのが、仕事なのだが……」

いくら酒を飲んでいるとはいえ、自分の悩みをそのまま出しはしない。ずっと、ある男を殺そうと思いつづけているのだ。その男は私の過去のちょっとした行為をもとに、限りない恐喝をつづけてくる。これを打ち切るには、やつに死んでもらう以外にない。

そして、殺したあと、つかまりたくないというのが悩みなのだ。もちろん、一応の方法は考えてある。しかし、あくまで完全でないと困る。その方法を確立するため、私の素性を知らぬバーテンを相手に、推理小説にかこつけて話題を進めてみる気にな

った。

「はい、推理小説とは、けっこうなお仕事ですね。わたしも何冊かは読んでいます。詐欺や偽造などを扱ったのもいいけど、やはり殺人がでてこないと面白くありません。殺人は罪が重く、それだけに万全の策を必要とする。なんとかごまかそうとする者、それを立証しようとする者。この間の関係に、罪が重ければそれだけ熱が入るわけですから」

「ところで、なにかいい材料はないだろうか。締切が迫って弱っているのだ」

一日も早く、やつを殺したいのだ。バーテンはちらりと目を動かした。なにかをたしかめたのか、そしらぬ顔で答えた。

「しかし、お話がばくぜんとしていて、どんなものがお好みか、見当がつきませんが」

「やはり、殺人を扱ったものがいい。きみが今まで読んだなかで、ここをこう改めたらいい、といった意見などあったら聞かせて欲しいな。こうすれば完全犯罪になるはずだ、といったような」

「そうですね。推理小説について、意見はありますが」

「それを話してくれ。お礼はするから」

「お礼なんかは、けっこうです。しかし、読んでいるうちに、ばかばかしくなるのがありますね。なぜ、もっと利口な方法をとらないのかと」

「おい、それをくわしく聞かせてくれ」

　と、私は身をのりだした。

「たとえばですね、犯人にとって、重要なのはアリバイでしょう。犯行時にそこにいなかったことさえはっきりしておけば、あとはそう心配しないですむ。そのアリバイに気をつけないで、よけいなことでうろうろする。これは本末転倒ですね。こわれたブレーキをなおしもせず、力をこめて引っぱっているようなものです。破局に突入するにきまっています」

「なにか知っているらしいな。そのすばらしい方法を、教えてくれよ」

「いえ、べつに、すばらしい方法というわけではありません。ごく常識的なことです。しかし、小説よりいくらか現代的と言えましょうか」

　さらに、話にひきこまれた。

「その現代的というのは、どういう意味だね」

「現代は組織の時代です。なにをするにも個人の力ではたかが知れていますし、いかにがんばってみても、組織の力には太刀打ちできません。そこですね」

「それが、アリバイとどんな関係になるんだ」

酒をおかわりし、それを飲んだ。

「組織の力をかりて、アリバイを作る。完全な統制のもとにアリバイを作っておけば、よほどのへまをしない限り、無罪になります」

「うむ。そう言われればその通りだ。アリバイを作る組織というわけだな。で、はたして、そううまく行くものだろうか」

「まあ……」

バーテンは、あいまいに言葉をにごした。私は興味を持ち、もっとつっこんで聞いてみたくなった。

「組織といっても、人間の集りだ。人間には良心というものがあるから、そこから崩れないともいえない。組織でアリバイを作るのはいい考えだが、そう簡単には……」

「そうお考えですかね。むろん、十九世紀ごろはそうだったでしょう。しかし、現在ではね。組織の一員となれば、良心なんかどこかに消えてしまいます。おわかりでしょうが、会社、官庁、軍隊、こういった組織に参加したからには、どんなに悩もうと、どうにもなりません。組織のなかに入って、組織の利益より自分の良心を優先させているという断言できる人がいますか。あまり、聞いたことがありません。せいぜい、時たま反省したような言葉を、しゃべってみるだけ。しかし、これだって、自分には良心が残っていることを示すジェスチャーにすぎない。良心なんてものは、持っていても使わないのなら、ないのと同じことです」

「わかった、わかった。だが、いまのわたしには、個人の良心対組織といった議論には、あまり興味はないんだよ」

まだまだ続きそうな彼の言葉を、手のひらで押しとどめた。すると彼はにやりと笑い、さりげなく、しかし重大なことを口にした。

「そのような便利な組織があるなら、ぜひ紹介してほしい、と言いたいのでは……」

「まあ……」

こんどは私が言葉をにごした。しかし、彼はたたみかけてきた。

「正直のところ、お客さまは小説家なんかではなく、殺人だかなんだか、これから一仕事したいというのでしょう」

「いや、そういうわけでは……」

「それでなければ、こう熱心にはなりません。さきほどから、目の色がちがってきていますよ」

「いや、じつは、その……」

「おかくしになっても、さっきからの表情でわかります。わたしは多くのお客さまに接していますので、その点はすぐにです。しかし、ご安心下さい。決して口外はしませんから。もっとも、口外しようにも、お名前も知らない。また、犯意を抱いているらしいだけでは、どうにもなりません」

「それはそうだ。ところで、その組織の話だが、わたしも一回やっかいになってみたいが、どうだろうか。だけど、さぞ費用がかかるものだろうな」

たとえ、いかに完全なアリバイを作ってくれる組織でも、金がかかりすぎては手がだせない。

「いえ。その、ご心配はいりません。この事業は普通とちがって、計算された原価があるわけではありません。それにお客がつかないほどの高額では、事業が成りたちません。そのかたの支払い能力に応じて、お払いいただいています」

「なるほど。それはありがたい。ぜひ、一晩だけ、その組織の力とやらを借りたいものだ。そして、いったい、それはどこにあるのだ」

「ここです」

「ここだと……」

「はい。このホテルです。支配人の指示どおり、すべての従業員が完全に同じ証言をするように、統制がゆきとどいています。お客さまのご依頼の時間中、そのおとまりの部屋から一歩も外出なさらなかったと証言をするわけです」

「しかし、従業員のひとりでも、良心を押えかねて……」

「また、良心と組織の議論ですか」

「万一のこともある」

「そのご心配は、ごもっともです。それについては、お客さまのご要求どおり、お気に召すようにしております。多くのかたは、あらかじめ従業員の一同から、証言の内容を書いた書類をお取りになっておくようです。なかには念を入れて、署名のほかに拇印《ぼいん》までおとりになるかたもいます。こうしておけば、万一の場合に証言をひるがえすという心配もありません。もっとも、そんなことをなさらなくても、絶対に大丈夫なのですがね」

　ついに意を決した。そして、バーテンに強いカクテルを作らせ、それを一気に飲みほしてからうなずいた。

「なるほど。聞いてみると、たしかにお客本位のようだな。では、さっそくだが、ためしに今晩とめてもらいたいと思うが、どうだろうか。申し込んですぐでは、早すぎるかね」

「そんなことはありません。どうぞ。しかし、ひとつだけご注意を……」

「なんだね。それは」

「いうまでもありませんが、現行犯でとっつかまることです。お客さまがその時間のあいだに浮気をなさろうと、詐欺をなさろうと、何十人の殺人をなさろうとご自由ですが、現行犯でつかまっては、どうにも手のつけようがない。くれぐれも、お気をつけて」

「わかりきったことだな」

「現行犯でない限りは、ひとりや二人の目撃者など気にすることはありません。人数の点では、こちらが圧倒的に多いのですから、目撃者のほうで考えなおしてしまいますよ。組織の力の偉大さです」

「うむ。たしかに、その通りだな。では、支配人に会わせてくれないか」

「はい。では、どうぞこちらへ」

バーテンは私を案内し、ホテルの支配人に紹介してくれた。そこで、さっきから聞いていた通りの手つづきをした。まず、ホテルの印の押してある宿泊の証明書をもらい、つぎに従業員たちから証言の内容を書かせた書類を取った。それにはひとりひとり私の目の前で署名をさせ、ついでに拇印を押させた。

「ところで、値段でございますが……」

という支配人に対して、私はあまり支払い能力がないことを力説した。彼はちょっと顔をしかめたが、すぐににこにこした表情に戻って、

「よろしゅうございます。ごゆっくり、おとまり下さい。では、お部屋へ一応、ご案内させます」

「ああ」

案内された部屋は、四階だった。窓から見下すと、とても脱け出せるものではなかった。これなら従業員たちの証言さえあれば、アリバイは完全となるだろう。室内のあちこちに指紋をつけた。とまるからには、指紋がついていないとおかしい。

かくして、私はその晩、その部屋にとまった。いや、対外的にはとまったことになっているが、夜のふけるのを待ち、かねてからの計画を実行に移したのだ。

その計画は、うまくいった。もちろん、私だって、このアリバイだけにたよるほどばかではない。犯行の場所に、なにひとつ証拠は残してはこなかった。ホテルによる人工のアリバイは、万一の時の保険のようなものだろう。わずかな費用で、思わぬ目撃者を圧倒できるのだから。

「これこそ、あのバーテンのいう現代的というものだろうな」

つぶやきながらも、安心の笑いを押えられなかった。

そのため、二日後に警察に呼び出されても落ち着いたものだった。刑事はこう聞いた。

「二日前の夜には、どこにおいででしたか」

やつの死体が発見されたにちがいない。やつとの交友関係から、私が容疑者として浮かびあがってきたのだろう。だが、現場には、なんにも証拠は残っていないはずだ。

「ホテルにとまっていました」

「それはたしかですね」

この時ほど、アリバイ保険に入っていてよかったと思ったことはない。現場に証拠がないということは消極的だが、アリバイなら積極的だ。あのわずかな費用が、ここで価値を示してくれる。

「もちろんです。ホテルの従業員たちに聞いてみて下さい。あの夜、わたしが四階の一室から一歩も出なかったと、証言してくれるでしょう」

「それは、すでに確かめてある。あなたの言う通りだった」

「どうです」

大船に乗っているような気持ちだった。しかし、じつはその船がとんでもない、いいかげんなものだったことを思い知らされた。たしかに、話がうますぎる割りに、費用が安すぎたようだ。

刑事は目を見開き、ふしぎそうな表情で、こう言った。

「長いこと仕事をやっているが、あなたみたいな容疑者は珍しい。あなたはなんで調べられているのか、わかっているのでしょうね。つぎの晩にあの部屋にとまった客が、ベッドの下から死後二十時間、つまり、あなたがとまっているあいだに絞殺されたと認められる死体を、発見したのですよ」

私はいいカモにされたようだ。こうなったら、もはや、だれともしれぬやつから押しつけられた罪を、のがれることはむずかしいだろう。組織の力に対して、個人がいかに抵抗してもむだなのだから。

報酬

「よく来てくれた。もはや、きみ以外にたよる者はないのだ。なんとか助け出してくれ」

留置場のなかにほうりこまれていたエル氏は、やってきた弁護士を見て、待ちかねたように声をかけた。弁護士はうなずきながら、それに答えた。

「そんなにたよりに思っていただけるとは、ありがたいことです。もちろん、ご依頼をうけたからには、できるだけのことはいたしますが、裁判というものは、判決がおりるまで、絶対的なことは申しあげられません。しかも、あなたは殺人をなさったのですから」

こんどはエル氏が、うなずいた。

「そこだ。だからこそ、きみを呼んだのだ。ほかの事件なら、ほかの弁護士でもいい。しかし、こんどは問題が問題だ。きみはその名も高い、すご腕の弁護士だ。きみが昔に存在していたら、切り裂きジャックも自首して出たし、どんな犯罪王も無罪になっていたろうとの評判だ」

「いや、それほどのことは、ありませんよ。どんな犯罪者もとは、いえません。やはり依頼人によりけりです」

「わかっておる。報酬のことだろう。きみはどんな者でも無罪にするかわりに、想像を絶した額の報酬を要求することも知っている。その点は、心配するな。実業界において、わしの財産のことを知らぬ者はないはずだ。そのきみと、このわしが結びつけば、万事うまくゆくはずではないか。ここの留置場ぐらしは、もうたくさんだ」

エル氏はため息をつき、あごをなでた。その表情にははっきりと、やつれを見ることができた。たしかに、いままで豪華な生活をつづけてきたエル氏にとって、ここは、たえられぬものだった。まあ、留置場ならまだがまんできても、有罪の判決と、それにつづく死刑、あるいは余生のすべてを埋めるような長い懲役のことを考えたら、いてもたってもいられない気分になるのは無理もない。

弁護士は、落ち着いた言葉で言った。

「そうおっしゃいますが、事態は簡単なものではありませんよ。わたしの調べたところによると、あなたは商売がたきの男を殺したのでしょう」

「ああ、話しているうちに、ついかっとなって、そばの果物ナイフを突き出した。それが運悪く心臓につきささり、死んでしまった。人間が、ああ簡単に死ぬものとは知らなかったんだ」

「なにを、のんきなことを。あなたは来客の彼となにか言い争ったあげく、ナイフで殺してしまった。しかも、目撃者がそろっている。こうなっては、事実はどうにもできません。検事は商売がたきという点から、殺意を追及しようとするでしょう。そこをわたしが、殺すつもりではなかった、と弁護する。まあ、死刑の心配だけはありませんから、ご安心なさって大丈夫ですよ」

「きみこそ、のんきなことを言うぞ。長い懲役さえも、まっぴらだ。ぜひ、無罪にしてほしい」

弁護士は、顔の前で手を振った。

「とんでもない。これを無罪にすることは、ほとんど不可能に近いでしょう」

「だからこそ、きみにたのむのだ。金なら、いくらでも出す。なんとか無罪になるようにしてくれ。きみはいま、不可能に近いとは言ったが、まったく不可能とは言わなかった。なあ、なにか方法があるんだろう。懲役なんかになったら、いままでなんのために金をためてきたのか、わからんことになる。どうなんだね」

エル氏は身をのりだし、弁護士は一段と冷静になった。

「どうも、言葉じりを取られたようですな。では、わたしのほうでも、言葉じりを取らせていただきますよ。金ならいくらでも出す、とおっしゃいましたね」

なにか確信のありそうな口ぶりに、エル氏は少しほっとした。

「な、なんとかなると言うのか。ぜひ、やってくれ。金なら、いくらでも……、もちろん、きみの要求するだけ。まさか、わしの全財産をくれというわけではないだろう」

「そこですよ、こちらの心配の点は。どうも金持ちというものは、はじめにうまいことを言っておきながら、いざとなると出し惜しみをする。だけど、わたしには通用しませんよ。そこをはっきりときめていただかないと、手を引きます。安くあげるおつもりなら、ほかの弁護士をたのんで有罪にでもなるんですな」

エル氏は両手を前にのばし、すがりつくようなかっこうになった。

「おい、待ってくれ。出し惜しみなど、せん。きみ以外にたよれる人はない」

「そうですとも。では、はっきり約束して下さい」

弁護士は多額の報酬を要求し、さすがのエル氏もしばらくためらっていたが、やがて承知せざるをえなかった。

「さあ、これでいいだろう。で、わしをどうやって、無罪に持ちこむのだ」

「無罪といっても、殺人がはっきりしているんですからねえ。しかも、目撃者の数が多すぎます。ひとりぐらいの目撃者なら、幻覚にする方法もあるが、ああ何人もいてはね。目撃者全部を頭がおかしかったとすることは、いかに現代が狂気の時代とはいえ、いささか無理です。となると、あなたが精神異常者になるほうが簡単です。それを立証すれば、無罪になるでしょう」

エル氏は顔をしかめた。

「頭のおかしい人になれと言うのか。有罪になるのもいやだが、診断書つきの患者にだってなりたくない。刑務所もいやだが、病院だっていやだ。まさか、きみともあろう者が、多額の報酬をとっておきながら、そんな方法を使うわけではないだろう」

「ええ、わたしだって、この道では名の通った者です。しかも、報酬がきまれば、ご期待を裏切るようなことはいたしません。とっておきの方法があるのです。そもそも、人を殺しておいて無罪になるには、精神異常のほかに、もうひとつの場合がありますす」

エル氏の表情がもとに戻って、目が輝きをました。

「どんな場合だ、それは……」

「正当防衛です。そこを力説しましょう」

「そういけば申し分ないのだが、簡単にゆくとは思えぬな。相手が凶器を用意してやってきたわけでないし、空手の有段者だったという証明もつくまい。それに体力だって、やつがわしより格段に強いともいえない。商売がたきだという点で、やつがわしに殺意を持っていたとしても、殺しにきたことを裁判官になっとくさせるのは、むずかしいだろう」

「その通りですが、ほかには方法がありません。調べたところによると、幸い、あなたと彼との会話をはっきり記憶している者がいない。ここに細工の余地が残されていそうです」

「どうもよくわからんが、なにかこじつけられるかね」

エル氏は、たよりなさそうな表情になった。

「大丈夫でしょう。あなたを特異体質にしあげるのです。たとえばと……あなたは何年も前から、タバコの煙を吸うとゼンソクの発作を起す体質の持ち主だ。そして、医者からは厳重に注意を要求されていた。それなのに、彼はタバコの煙を吹きつけてきて、あなたが泣くようにたのんだがやめてくれない。そこで、生命の危険を感じて仕方なく……、といったぐあいです。医者の診断書のほうは、わたしがなんとか手配しましょう。これなら最悪の場合でも、執行猶予ぐらいですむでしょう」

「うむ。そういけばいい。だけど、やつは吸わなかった」

「それでは、こうしましょう。あなたは、しばらく前から肩をたたかれると、ひきつけを起す病気にとりつかれていた。その発作はしだいにひどくなり、こんど発作が起きたら命にかかわると言われていた。彼にそのことを言っても、信じてくれない。冗談と思って、むりに肩をたたこうとする。いくらたのんでも、やめそうにない……」

「なるほど」

「診断書と、かつて発作を起した時の証人は、わたしのほうで手配します。いっぽう、何月何日、どこそこであなたの肩をたたいたがなんともなかった、と証言できるほどの記憶のいい人は現れっこない。そういえば、あいつは肩をたたかせなかった、と思う人のほうが多くなるでしょう」

「なるほど。うまくゆけばいいが……」

「そう、のんきなことではいけません。あらゆる手はずはわたしのほうで整えますが、これは、あなたもその気になってもらわなければなりません」

「それで、わしにどうしろと言うのだ」

「ご自分でも、そのような体質の持ち主だと思いこむのです。おそらく、公判では検事がそこを追及するでしょう。その時、あなたがふらついては、どうにもなりません。

ここしばらくは留置場ぐらしですから、ほかにすることもないはず。だから、毎日毎日、自分に言いきかせるのです。自分は肩をたたかれ、すでに発作をくりかえしてきた。こんどたたかれたら、助からない発作が起る。ちょうど、肩に爆弾を埋めてあるようなものだ……。こんなふうにですよ」

「よし、そう努力しよう。だけど、法廷でためしに肩をたたいてみろ、と言われたら、すぐにばれてしまうではないか」

「まあ、お待ちなさい。当人がそんなことを言っては、困ります。われわれの側の医者が口をそろえて、こんどたたかれたら死ぬと診断しているのですよ。それを押し切ってたたいたりしてみることは、裁判官が許しませんよ。へたをすれば、法廷で殺人が行われるわけではありませんか」

「なるほど……」

「そのような発言があった時には、あなたはすぐに顔をまっ青にして、ふるえなければなりません。ここが成否のわかれ目です。それに、このことは裁判がすんでからも、心がけていなければ。しばらくのあいだは、警察が監視をつづけるでしょうから。要するに、あなたが自分自身、そう思いこめるかどうかが問題です。それができなければ、懲役ゆきですよ」

「とんでもない。懲役はまっぴらだ。よくわかった。わしは当分そのことだけを考え、信じこむとしよう」

「そうですとも。毎日毎日、精神を統一して自己暗示をかけること。こんど肩をたたかれたら死ぬんだ、こんど肩をたたかれたら死ぬんだ……。一日に何千回となく、自分に言い聞かせるのです」

かくして、法廷への戦術は決定した。

そして、判決の日。

さすがに多額の報酬を要求しただけあって、弁護士の弁論はすばらしかった。用意された診断書、証人、すべてに一分のすきもなく、裁判官は有罪の判決を下すわけにはいかなかった。

とくに、検事が「肩をたたいて、たしかめてみたい」と発言した時のエル氏のようすは、とても芝居とは思えなかった。とたんに顔は青ざめ、手を振り、「やめてくれ、殺す気なのか」と叫んだところは、弁護士さえ、人間が必死に自己暗示をつづけると、ああも変るものかと思ったほどだった。

これが裁判官の心証を動かし、ついに判決は無罪ときまった。

「ありがとう。おかげで助かった」

エル氏は弁護士にかけよった。

「わたしにまかせれば、ざっとこんなものです。うまいものでしょう。どうです」

弁護士はとくいげに答えながら、勢いよくエル氏の肩をたたいた。

すばらしい食事

血のにじみだしている肉片を目を細めて見おろしているうちに、彼女はこみあげてくる楽しさを押えきれなくなってきた。その衝動は胸からのぼってきて、形のいいくちびるのあいだから明るい声となった。

「あなた……」

彼女は三十を越してはいたが、見たところはずっと若々しい。その声は期待にあふれた調子をおびているせいか、あどけなささえともなっている。声はそばの窓からとび出し、庭のほうに伸びていったが、答えとなっては戻ってこなかった。

外には、夕ぐれの静かさがひろがっている。ここは郊外の住宅地。そう家がたてこんでいないので、騒がしさやあわただしさとは無縁の一帯だった。

「おかしいわね。さっき庭を横切って、ガレージのほうにいったように思ったけど。それとも、もう戻ったのかしら」

彼女はこうつぶやいてから、こんどは家の奥にむかって叫びなおす。声は洋風のわりあい大きなこの家のいくつかの部屋に、はずみながらわかれて散っていった。その余韻が消えたと思うと、男の声がかえってきた。

「ああ……」

それにつづいて足音が起り、彼女のほうに近づいてきた。彼女は視線を肉片に向けながらも、耳ではしだいに大きくなる足音を待った。足音は彼女のいるキッチンの入口でとまり、声となる。

「なんだい、大声で呼んだりして。おい、このにおいは……」

その四十ぐらいの男は、鼻で小きざみに呼吸をした。彼女は目の前の肉片を指さし、にっこりと笑いかけた。

「夕食は、ステーキを作ることにしたのよ。いいでしょう」

「いいどころか、おれの大好物じゃないか。きょうは、なんとすばらしい日だろう」

食欲をそそるにおいがキッチンにみち、そのなかで二人は幸福そうな顔をむけあった。

「ねえ、あなた。あたしのことを、愛しているの」

「当り前じゃないか。愛しているとも」

「前の奥さんより……」

「そうとも。なんで、そんなことを今さら言うんだい。おれはおまえのためなら、どんなことでもするさ。それより、おまえのほうは、どうなんだい。前のご亭主とくらべて」

彼は彼女の肩に手をふれ、たしかめるような調子で軽くゆすった。

「あなたを愛してるわよ。でも、おたがいに前に結婚していた相手のことは忘れましょう。もう死んでしまった人たちのことなんか。あたしたちは、これからのことを考えればいいのよ」

彼は、うなずいた。

「そうだ。これからのおれたちは、さらにすばらしくなるだろう。きょうはあのいまいましい運転手のやつを、くびにしたんだからな。これがきっかけとなって、つぎつぎと幸運が訪れてくるだろうさ」

けさ、二人は、やとっていた自家用車の運転手をくびにした。二人の目を盗んで、机の引出しから金を持ち出そうとしたのを見つけたのだ。

「そういえば、なんとなく陰気な感じだったわね。あたしたちのようすを、じっと観察しているようで。趣味といえば、ひとりでこっそり機械いじりなんかしていて、いい感じじゃなかったわ」

「まあ、いいさ。くびにしたんだから。だけど、世の中には、とんでもないやつがいるものだな。まともに働いて金をためようともせず、ひとの物に手を出すなんて」

「金の誘惑って、恐ろしいものね。こんどは、正直な人をやといましょう」

「ああ。おれたちも運転できないこともないが、最近の雑踏を巧みに泳ぎ切るほど、おたがいにうまくはない。事故なんか起して、けがでもしたらつまらんし」

「今夜は、あたしたち二人だけ。気がのびのびするわね。大いに食べ、ゆっくり休養しましょうよ」

「そうだ。愉快に飲んで、さわぐとしよう」

「ええ」

　二人は、また笑いあった。彼はキッチンから、食堂のほうにむかっていった。

　彼が行ってしまうのを見とどけ、妻はキッチンの棚の片すみにあった小さなびんを取り出し、そっと栓《せん》を外し、なかの白い粉をステーキの上に軽くふりかけた。そして手を休め、首をかしげていたが、

「大サービスよ」

　と低くつぶやいて、もう一振りその白い粉をふりかける。これは毒薬。亭主を、長い休養に送り出す作用を持つ薬品だった。

彼女にしても、生まれつき残忍な性格を持っていたわけではない。それどころか、前の夫とは心から愛し合って、この上ない幸福な結婚生活をすごしてきた。しかし、思いがけない事故でその夫に死なれてみると、あまりに深く愛しあっていただけに、埋めようもない空虚に襲われたのだった。もはや、愛情ではそれをみたしようがなかった。

それなのに、あえて二度目の結婚をしたのには、それなりの理由があった。金。前の夫が残していった、かなりの額の生命保険金。これをふやすことに、人生の生きがいを見いだしたのだ。財産をふやす楽しみ。この味を覚えてしまうと、人は二度とそれから離れられなくなる。すべてがこの目的に集中し、ほかのなにもかもが、その手段となってしまう。そして、その能率をあげるために、彼女は二度目の結婚にふみきったのだ。

いまの亭主も、高額の保険に入れてある。前のは偶然、こんどは計画的。このちがいはあったが、偶然でうまくいったのだから、計画的ならさらにうまくゆくはず。ゼロのたくさんついた数字の列が頭のなかを飛びまわり、彼女を夢心地にさせた。手はしぜんと動き、白い粉はさらに散った。びんをしまいながら、思わず歌を口ずさむ。モーツァルトの子守唄。

「眠れよい子よ……」

声はしだいに高くなりながら、食堂にいる彼の耳にもとどいた。彼は洋酒を並べてある棚に歩みより、ブランデーのびんを手にとった。

「眠れよい子よ、か」

彼はつま先で拍子をとりながら、そっと栓を外し、ズボンのポケットのなかから紙包みをとり出し、そのなかの白い粉をブランデーのなかに入れた。粉はかすかにたちのぼるかおりに逆らって、びんの中にさらさらと落ちていった。これは毒薬。妻を長い休養に送り出す作用を持っている。

彼は、愛し合っていた前の妻に病気で死なれるまでは、幸福な男だった。しかし、その愛情にみちた生活が断ち切られると、悲しみをまぎらすため、妻の残した財産で遊び歩いた。そして、悲しみをあるていど忘れ、金がつきるころ、すっかり遊びの味を覚えてしまった。人間は遊びの味を覚えると、それを押えるのは容易ではない。彼は遊びをつづけたく思い、そのための金を手に入れようとして、二度目の結婚にふみ切ったのだ。

今度の妻にも、相当な財産がある。前は偶然だったが、こんどは計画的。偶然よりは計画的のほうが、さらにうまくゆくだろう。競馬、トランプ、バーの女の子の顔などが頭のなかでひしめき、夢心地にさせた。手はしぜんと動き、びんに落ちる白い粉はさらに追加された。彼は栓をし、それを食卓の上におき終えてから言った。

「どうだい。まだかい。腹がへったぜ」

「もうすぐよ。いま、そっちへ運んでゆくわ」

やがて、食卓の上の準備がととのった。

「今夜は、たくさん食べてね」

「ああ。大いに飲もう。おまえはブランデーだったな。おれは、いつものようにウイスキーにしよう」

「ええ」

それぞれにとって、期待にみちた時刻が迫ってきた。まもなく倒れる相手を自動車のトランクにつみこみ、少しはなれた所にある沼に運び、重しをつけて沈める。簡単ではないにしろ、自己の念願を実現するにはやらなければならないことだし、やる気になればできる話だ。それには、じゃま者のいない今夜が、絶好なのだった。

彼は彼女のグラスにブランデーをつぎ、自分のにはウイスキーをついだ。

「今夜の食事は楽しいぞ。さあ、乾杯といくか。前祝いだ」

「え、なんの前祝い……」

「な、なんてこともないけどさ、なにか、すごくいいことが起りそうじゃないか。そんな気がしないかい」

「そういえば、するわね。まもなく、すばらしいことが起りそうな予感がするわ」

二人の意見は一致し、グラスを持った。

「じゃあ、おたがいの健康を祈って……」

こう言い終り、グラスがくちびるに近づけられた。

その時。玄関のほうでチャイムの音がした。二人は不意におもちゃを取りあげられた子供のように、眉を寄せあった。まさか、こんな時に来客があるとは。計画にないじゃまだった。

「だれかしら、いまごろ」

「さあ、わからんな。ちょっと見てこよう。乾杯は一時中止だ」

彼はグラスを置き、玄関に出ていったが、しばらくして戻ってきた。

「だれだったの」

「配達さ。取引き先のやつからだが、どうせ商品見本かなんかだろう。あけるのはあとにして、早いとこ食事にかかろう」

「ええ。そのへんにのせておいたら」

二人は、ふたたび食卓でむかいあった。

「せっかくのところで、じゃまが入ったな。乾杯をやりなおすか」

「じゃあ、あらためて」

妻はグラスを持ちあげ、ブランデーのにおいをかいだ。そして、グラスを見つめながら言った。

「ちょっと待って……」

彼はあわてた口調で聞いた。

「ど、どうしたんだい。なにか気になるのかい」

「ええ……」

彼はからだじゅうの血液の循環する速さが、とつぜん倍になったように思った。それは彼女が杯を食卓の上に戻し、手をはなすにいたって、さらに高まった。

「いったい、どうしたんだい。さっきまで朗らかだったのに、急に考えこんだりして。心配ごとでも思い出したのかい。それなら食事がすんでから、ゆっくり相談しよう。それとも、気分でも悪いのかい。それなら、そのブランデーを飲めば気が晴れるよ」

とめどなくしゃべりはじめたのを、彼女は制した。

「静かにしてよ。足音を聞いたような気がしたのよ。だれかが、そとにいるような」

彼はほっとし、血液の循環速度はもとに戻った。

「そんなはずはないよ。さっき帰っていった配達の人のことだろう」

「ちがうわ。いま聞いたのよ」

食事の途中でだれかに来られたり、のぞかれたりしたら一大事だ。彼女にとっても、彼にとっても。

「そうかい。こんどはおまえ、見てきてくれよ」

彼はじゃまが二度目となり、計画の遂行を慎重に進めることにした。彼がようすを見に行った間にブランデーを飲まれ、彼女の倒れるところをその足音の主に目撃されたら、ことなのだ。彼女に行かせれば、その心配はない。しかし、妻も同じく、彼にステーキに手をつけられることを恐れた。凶行は、目撃者のいない時に行うのが理想的だ。

「あたし、こわいわ。いっしょについてきてよ」

「よし」

二人が立ちあがりかけた時、玄関のほうでチャイムが鳴った。やはり来客だったらしい。食事をはじめてなくて、よかった。

「だけど、いまごろだれかしら」

「わからん。おまえが足音を聞いたとしたら、しばらく家のそばをうろついていたことになる。妙だな」

二人は変に思いながらも、ドアの鍵をはずした。早く安心して食事にかかりたかったのだ。

ドアをあけると、そこには見なれぬ男が立っていた。無精ひげがのび、身なりもよくなく、どうみても上品とは呼びようがない。

「どなた」

と妻が聞いたが、その男は口もきかず、ずかずかと入りこんできた。

「きみは、だれです。ひとの家に勝手にあがりこんだりして、失礼じゃないか。帰って下さい。それとも、なにか用があるのですか」

その男は二人にむきなおり、ポケットにつっこんでいた手をだした。二人はそれを見て、目を大きく見開いた。そこには拳銃があったのだ。男は低い声で言った。

「しばらくのあいだは、帰るわけにいかない。それに、名前なんか言っても意味はない。だけど、いまの立場は教えてやろう。おれは、さっき脱獄してきたところだ」

「脱獄だと」

「そうだ。看守をなぐりつけ、この拳銃を奪って逃げてきた。ちゃんと弾丸は入っているし、使い方も知っている」

「そ、それで、どうしようというのです」

「おとなしくしていれば、なにもしない。しばらく、かくれさせてもらうだけだ。脱獄はしたが、看守を殺したわけではない。おまえらを殺して、万一つかまった時に死刑になってはつまらんからな。安心しろ。しかし、へたにさわぎたてたら、そんなことにはかまっていられなくなる。わかったな。ところで、電話はどこだ」

「あそこです」

脱獄囚は電話機のコードを引きちぎりかけたが、考えなおした。

「線を切ると、修理屋がやってくるかもしれん。よし、おまえらは電話機に近よったりするな。そこのすみの長椅子に、おとなしくかけていろ。おれは、ちょっと休ませてもらう」

従わないわけにいかなかった。じゃまもじゃま、とんでもないじゃま者の侵入だった。そして、追いかえせる相手ではなかった。二人は長椅子に並んで腰をおろしたが、脱獄囚がつぎに叫んだ言葉で、ふたたび飛びあがるように驚いた。

「う。食事があるじゃないか。これは好都合だ。ちょうど腹がへっていたところだ。食うぜ。なんという、うまそうなにおい。おれは刑務所で長いあいだ、こんな食事を夢に見つづけてきた。恋いこがれていたんだぜ。それに酒もある。うう。のどの奥が、ぐうぐう鳴りだしてきやがった。危険をおかして、脱獄してきたかいがあった。すぐこんな食事にありつけるとは」

脱獄囚は食卓の上を眺め、口のなかが唾液であふれたような声を出した。そして、顔じゅうに無上の恍惚《こうこつ》の表情をひろげた。

「あ」「あ」

二人の口から小さな叫びが、それぞれ複雑なひびきでもれた。脱獄囚が毒を口にしぶっ倒れるのは、ありがたい。そして、この危険きわまる状態から助かることも、喜ばしい。すぐに電話で医者を呼び手当てをすれば、生命はとりとめるかもしれない。脱獄囚を当局に引きわたせば、多くの人びとから感謝と賞賛を受けるだろう。

それには、さらに高価な損失もともなうのだ。なぜ、そして、どうやって、やつに毒を飲ませるのに成功したかの点だ。警察、マスコミ。それだけなら、まだごまかして説明できないことはない。しかし、いま並んで腰かけている者、なにを口に入れてぶっ倒れたかを正確に目撃した者に対しては、どう説明したものか。

二人はそれぞれ、目をおおいたくなるような気持ちだった。この脱獄囚がこの家から退散するまで、なんとか無事であることを心から祈った。しかし、それは、とうてい不可能だろう。言葉の通じない、飢えた野獣に対して、前にあるえさを食わせまいと試みるのと同じだ。脱獄囚は催眠術にかけられたように、一歩一歩、食卓にひきよせられてきた。そして、うなり声をあげた。

「ブランデー。うう。このにおい。手がふるえるぜ」

破局は寸前に迫った。このままではすべての計画は失敗し、人生の未来は暗黒に閉ざされてしまう。それは死と同じことだった。だが、瀕死《ひんし》の病人を前にして、医者は輸血とカンフルをつづけるではないか。たとえ絶望的ではあっても、最後のあがきを努めなければならない。亭主は声を出した。

「あの、もし……」

「なんだ」

脱獄囚はびくりとし、グラスにのばしかけた手を戻し、顔をあげた。亭主は話すねも思いつかなかったが、考えている余裕もなかった。そこで、口の動くままに言葉をまかせた。

「け、警察のほうでは、気がついていないのですか」

「もう知っただろう。いまごろは、非常線が張られているころだ。だがな、まさかこんな方角に逃げたとは、気がついていまい」

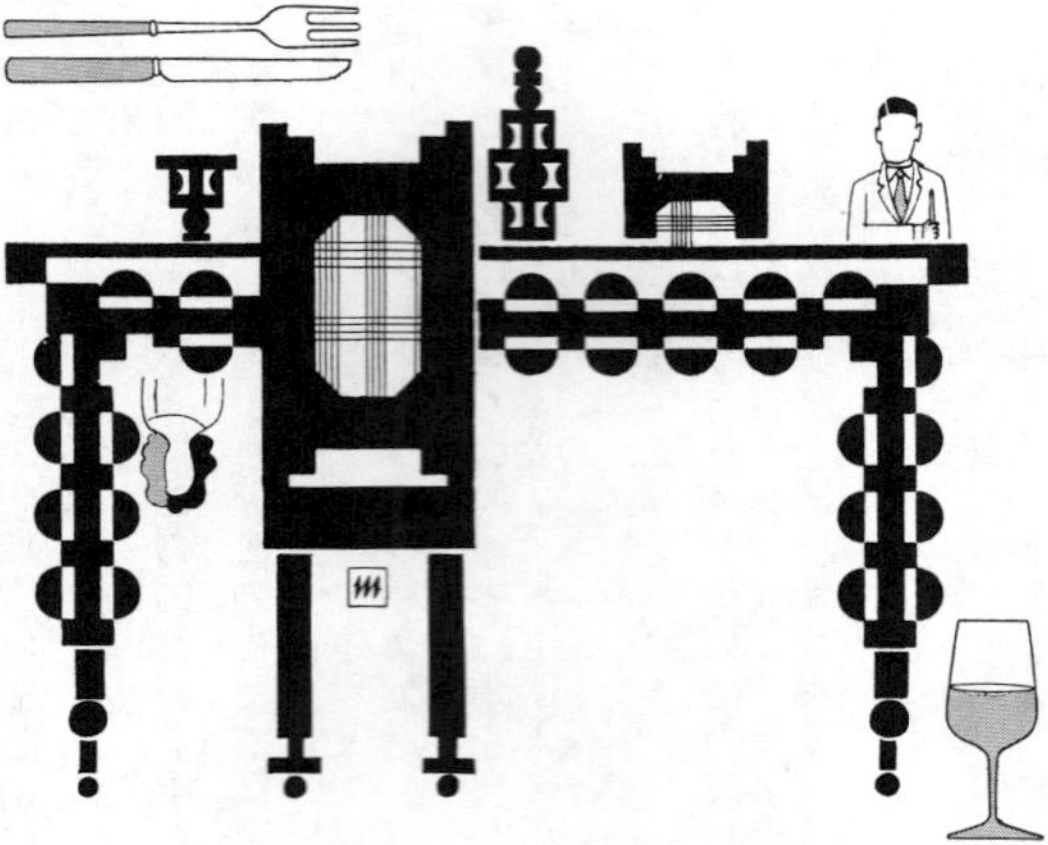

「そ、それで、いつまでここにいるおつもりなんですか」

「そうさな。だが、まず腹ごしらえが先だ。このうまい物をみなたいらげれば、いい知恵も出てくるだろう」

「ま、待って下さい。ここにいるのはけっこうですが、平和な家庭です。家のなかで騒ぎを起されては、困ります」

「なんだ、なにを言おうとしているんだ。言うことがあるのなら、はっきり言え」

亭主の言葉は、しだいに頭との連絡がとれはじめた。

「万一、だれかがやって来たらです。見なれない変な人がいると不審に思い、報告されたらことでしょう。どうでしょう。まず、ひげでも剃《そ》り、服でも着かえて。そうすれば、だれかが来ても、わたしたちの友人ということで大丈夫でしょう。それからゆっくり食事になさったほうが、落ち着いて気持ちよくお召しあがれましょう」

そばの妻はこの言葉を聞いて、ほっとした。彼がどうしてこんな自分の気持ちを代弁したようなことを言いだしたのか、そのわけはわからなかったが、そんなことを検討する余裕もない。いまは脱獄囚がステーキに手をつける瞬間を、少しでも先へのばすのが先決だった。彼女も言葉をかけた。

「ぜひ、そうなさいませよ。うちにある服が、きっと、おからだに合いますわ」

亭主と脱獄囚のからだつきには明らかに大きなちがいがあったし、服が合うはずもなかったが、彼女は熱心さのあふれた調子ですすめた。脱獄囚は予期しないこの言葉に、疑いを抱いた。

「それもそうだ。だけど、どうも、ふに落ちない。脱獄してきた者にとびこまれては、迷惑にきまっている。それなのに、おまえらはこのおれを、なぜそう親切にするのだ。さては、なにかたくらんでいるな。そうだ。それにきまっている」

脱獄囚は食卓からはなれた。二人は少しほっとした。しかし、あまり怒らせて、拳銃が発射されてはことだ。妻は言葉をたした。

「とんでもないことですわ、たくらむなんて。あなたが飛びこんでくるのを予想していたわけでないし、それに、さっきから今までのあいだに、二人で相談するひまなんか、なかったじゃありませんか。ねえ、あなた」

　亭主はそれにうなずいた。

「そうですとも。それに、あなたは拳銃をお持ちだ。へたにたくらんで殺されるほど、われわれは、ばかではありません」

「なのに、なぜ親切そうなことを言いだしたのだ」

「あたしたちは、この平和な家庭がさわぎに巻きこまれ、荒らされないで欲しいからですわ。欲しいものは、なんでもあげますし、してもらいたいことがあれば、お手伝いします。そのかわり、手荒なことはしないで下さいね」

　彼女は雄弁になった。自分が死なず、脱獄囚に亭主用のステーキを食われ、すべてが終りになる以外のことなら、ほかのなにを与えても惜しくない。

　亭主も、しきりとうなずいて見せた。なぜ妻がこの男に親切にする気になったのかはわからないが、事情はかすかだが好転している。これを、押しすすめなくてはならないのだ。

　脱獄囚は、いくらかなっとくした。世の中には、いろいろな夫婦がある。あるいは、こんな奇妙な家庭だってあるだろう。

「よし。おれだって、なにも手荒なことをするつもりはない。だけど、へたなまねをしたら、ただではすまさん。よくこのことを覚えていろ」

「わかってますとも。では、まず顔でもお剃りになりますか。ええと、カミソリはと……」

亭主は言いかけて口をつぐんだ。そうだ。すばらしい考え。この際、二階にあると言って、この場をはなれるのだ。妻を残してゆけば、やつも安心するだろう。そして、二階の窓から飛び出し、逃げればいい。あとは野となれだ。おそらく脱獄囚は、宣言どおりに彼女を殺すだろう。そのあとで、ブランデーを飲むだろう。一石二鳥。そこで外出からもどって惨状を発見したと報告すればいい。拳銃でうたれた妻と、毒を飲んで死んだ脱獄囚。おれに不利な証拠は、もちろん始末しておく。警察は首をひねるだろうが、真相がわかるはずはない。なんとうまい方法ではないか。

「カミソリはと……。どこへおいたかな」

彼は、考えるふりをした。演出は、入念にしないと怪しまれる。しかし、せっかくの、この光明への脱出口も、妻の明るい言葉でたちまち堅く閉ざされた。

「そこにありますわ。ほら、そのすみの台の上に。どうぞ、ご遠慮なくお使い下さいね。使い方はおわかりでしょう」

彼女は、あらん限りの愛嬌《あいきょう》をこめて言ってのけた。ステーキを食べられること以外なら、どんなサービスでもするつもりなのだ。脱獄囚は彼女の指さす所に電気カミソリのあるのを見て、うなずいた。

「よし。知っている。服はどこだ」

服については細工のしようがなかった。すぐそばに亭主の服がかかっているのだ。

「そこです」

「よし。おまえらは動くなよ」

脱獄囚は拳銃をはなさず、左の手で電気カミソリを使いはじめた。モーターの小さなうなりがひびき、彼のひげを落していった。亭主は、いまなら少しぐらい会話をしても相手に聞かれまいとは思ったが、べつに妻に話しかけることもなかった。

亭主は、あと残された道はないかと考えてみた。問題はあのブランデーだ。あれさえ床に落して、砕いてしまえばいい。びんが果して割れるかどうかはわからなかったが、やってみる価値はあった。ウイスキーは残しておくのだし、戸棚にはまだブランデーがある。やつも怒って拳銃をぶっぱなすこともあるまい。それより、妻になんでそんな行為にでたかを、不審に思われないように行うほうが大切だった。彼は、なにげないようすで立ち上った。

それも、だめだった。

「おい、動くなと言ってあるはずだぜ」

拳銃の銃口が動いた。

「あ、ちょっと便所へ」

「なんだと、便所だと。そんなことは、あとにしろ。動くんじゃない」

ふたたび、腰を下ろさざるを得なかった。ちくしょう、おまえさんの命を救ってやるつもりなんだぜ。その親切心に気がつかないなんて。ばかなやつだ。勝手に死ぬがいいさ。

脱獄囚はひげを剃り終え、服を着かえはじめた。拳銃を持ちかえながら、油断なくそでに手を通していった。逃げ出すすきはなかった。そして、服を着かえ終った。寸法はだいぶちがっていたが、妻はおせじを連発した。

「とても、すばらしく見えますわ。刑務所にいたかたとは、思えないくらい。あなたは、きっと、無実の罪だったのでしょうね。そうでしょうとも。そうとしか見えませんわ。上品で……」

脱獄囚がちょっとうれしそうな表情をしたのに力を得て、彼女は無理に無理を重ねてほめ言葉をつづけた。できるなら無限にほめつづけ、彼の動きを止めておきたかったのだが、たちまちたね切れになってしまった。暴君に対して、話がたね切れになったら殺されるという条件で、千夜一夜を物語りつづけたアラビアの王女のことをふと思い浮かべた。

「まあ、それほどのことはないがね。さて、ひげは剃ったし、服は着かえたし、では……」

「ま、お待ちなさい。ぬいだ服を、そのままにしておいては意味ありませんわ。この長椅子のうしろへでも、おかくしになったら」

「それもそうだ」

脱獄囚は服を投げてよこした。彼女は顔もしかめず、そのよごれた服を受けとり、壁と長椅子とのすきまに押しこんだ。

「これなら、大丈夫でしょう」

「よし。では、いよいよ食事だ」

「あ、その前に、手でもお洗いになったら」

「招待された客じゃないんだぜ。そんなひまはない。おれは、腹がへっているんだ。さっきからにおいをかがされ通しで、のどばかりか、胃から腸までうなり通しだ。もう、どうにもならない」

「でも、料理が冷えています。お食べになる間に、もう一皿のほうを温めなおしてまいりましょう。そのほうがおいしいでしょうし、おからだにも……」

　彼女はこう言いながら、なにげなく立ち上りかけた。亭主の皿を台所に運び、さっき入念にふりかけた毒薬を洗い落してしまおうと思ったのだ。だが、やはりその思いつきもだめだった。

「よけいなことは、するな。おまえらはそこで、おとなしくしていればいいのだ。少しぐらい冷えてたって、数年ぶりのステーキだ。うまいにきまっている。そのため腹をこわすなんて、笑わせちゃいけない。おれが、そんな情ない男に見えるかね。だが、どうもおまえたちのやり方は、ふに落ちない。温めてくるなどとだまして、その料理に毒薬でもふりかけようというのだろう。とんでもない話だ」

　脱獄囚は、警戒心をとりもどした。

　彼女はやむをえず腰をおろした。ひとがせっかく、毒を洗ってきてあげようと思ったのに。そんなに死にたいの。

「いいか。食事中は、ぺちゃくちゃしゃべるな。こんな家に住んでいるんだから、それぐらいの礼儀は知ってるだろう。このすばらしい料理が、まずくなる。どうも、しゃべりすぎるな。こわいからだろう。こわい時には、とめどなくしゃべりたくなるものだ。それならどうだ。この酒を少し飲むか。気が落ち着くかもしれぬ」

脱獄囚はブランデーのグラスを取り、二人にむけてつきつけた。

「け、けっこう。われわれは落ち着いてますよ。それに、飲みたければいつでも飲めるんですから。な、そうだろう。ええ、そうですとも」

亭主はまっさおになり、手を振り、しどろもどろに答えた。自分では飲むわけにいかないし、さっきはあんなに飲ませたかった妻にも、いま飲まれては困るのだ。彼女にここで苦しまれると、やつは邪推してかっとなり、なにをしでかすかわかったものでない。おそらく、すぐに拳銃が音をたてるにちがいない。

幸い、彼女は手を出さなかった。彼女はどのステーキが先に手をつけられるかが気になり、それどころではなかったのだ。

脱獄囚はブランデー・グラスを手にしたまま、亭主の席に腰をおろした。その席のほうが二人を監視するのに適当だったのだ。彼女はそれを見て、がっかりした。どっちから食べはじめようが、いずれは二人前を食べてしまうのだが、できることなら毒入りのをあとにしてもらいたかった。

「いいか。静かにしていいるんだ」

脱獄囚は、食卓の上に拳銃をおいた。いつでも、すぐ手にすることのできるような位置だった。

もはや、なんの細工をする余地も残されていなかった。動くことも、口をきくこともできなかった。脱獄囚ののどの筋肉が期待にふるえているのを、見つめている以外になかった。できる動作はただひとつ、目を閉じることだけ。二人は目を閉じた。そして、男のうめき声と倒れる音が、完全な破局を告げるのを待ちかまえた。

しかし、その耳に入ってきた音は、べつな物音だった。その音は二人のみならず、脱獄囚をも驚かせた。

玄関のチャイムの音。二人は進行が一時中断されたことで、すぐにほっとしたが、脱獄囚は緊張した。

「なんだ」

「玄関に、だれか来たようです」

「いまごろ来そうなやつが、いるのか」

「ありません」

「まあいい。さあ、ていさいよく追いかえすんだ。なかに入れるんでないぞ」

脱獄囚は、拳銃を手に立った。亭主も勢いよく立ちあがった。

「いいですとも。うまくやりますよ」

うまくやるとも。ドアをあけたとたん、全速力で飛びだせばいいのだ。あとのことは考えずに。いや、妻が殺されるのを祈りながら。

「いえ、あなた。あたしが出ますわ」

と、これは彼女にとっても同様だった。脱獄囚は、しばらく考えていたが、

「よし、女のほうがいいだろう」

亭主の表情は落胆にみち、妻の表情は喜びにあふれた。

「うまくやりますわ。あなた、心配しないでね」

「よし。うまくやれ。だれも入れるな。だが、どうしても入れないと怪しまれる相手の時は、ちょっと入れて、おれのことを友人だと言うんだ。変なことをすると、拳銃を使うぞ」

「わかってますわ」

彼女はドアから飛び出すこと以外、考えていなかった。脱獄囚は二人をうながし、玄関にむかった。彼は拳銃をにぎった手をポケットに入れ、もう一方の手で亭主の腕をつかみ、ドアのそばに立った。そして、妻にあごで合図をした。チャイムの音は、断続して響きわたっていた。

彼女は鍵をはずし、ドアをあけた。

いまだ。すべての力を足に集中して、彼女は勢いよく飛び出そうとした。だが、それはできなかった。外から飛びこんできた力のほうが、強かったのだ。外からなだれ込んできたものは、あまりに力強く、勢いよかったので、なかにいた者はあっけにとられた。脱獄囚も、拳銃をとり出すひまさえなかった。それは三人の男だったが、警官とは見えなかった。

彼女は連中に聞いた。

「どなたです。ふいに飛びこんでいらっしゃって。家をまちがえたのではありませんか。うちではお友だちを招待して、食事をしようとしていたところですわ。どうなさったのです」

三人の男は、それぞれの手にある拳銃を示した。

「まちがえはしない。おれたちは前から、この家に目をつけていたのだ。ちょっとはなれた一軒家だし、金もありそうだとな。二人暮しと思っていたが、お客があって三人とはな。まあいい。おい、きみ。ポケットに手なんか入れてないで、その手を上にあげるんだ。そうそう。さあ、おまえたち、この三人をしばれ」

落ち着いた声で話している男が、指揮者のように見えた。彼の命令によって、ほかの二人は用意のなわを出し、しばりにかかった。

夫婦はすなおに従ったが、脱獄囚だけはしばられることに反抗した。

「ま、待ってくれ。それだけはやめてくれ。しばられたら助からない」

「おとなしくしろ。しばるだけだ。金さえもらえば、手荒なことはしやしない。おれたちが帰り、あしたになれば、だれかがやってきて、そのなわをほどいてくれるよ。そうなれば、無事に助かる。あまり逆らわないでほしいね」

脱獄囚もしばられてしまったが、嘆願はつづけた。

「そう言わないで、しばるのだけはやめてくれ。ほどいてくれ」

「そうしてはやりたいが、仕事のじゃまだ。おまえが逃げて知らせに走られたり、おれたちの帰ったあと、すぐ警察に電話されたりしたら困る。こっちの身にもなってくれ」

「いや、じつは、おれは脱獄してきたところなんだ。しばられたままほっとかれては、とっつかまって送りかえされてしまう。それだけはごめんだ」

「いいかげんにしろ。そんな傑作な作り話の相手をしているひまは、ないんだ。おまえは、この家に招待されたお客だろう。それに、ひげものびていないし、服もちゃんとしている。それでは、脱獄囚として通用しないぜ。おれは刑務所へ入ったことがないから知らないが、そんな囚人服があるのか」

「本当だ。信じてくれ。ひげはその電気カミソリのなか。服はこの長椅子のうしろだ。うそだと思うなら、調べてくれ」

「わかった、わかった。静かにしていてくれ」

指揮者らしい男は苦笑いをした。

「たのむ。おれは前科三犯なんだ。強盗だってできる。きもっ玉もふとい。おまえさんの一味に加えてくれ。役に立つぜ。そうなれば、おれもまじめに働いてみせる」

「よし、よし。だがな、おれたちは、この家に金を盗みにやってきたんだ。おまえさんのような頭のおかしい男を、引き取りにきたんじゃないんだよ。仲間にするなら、この夫婦のようにおとなしくしばられるやつのほうが、ずっといい。信用できる。おまえさんは、どうも善人すぎるようだ」

「ああ、なんとか……」

「うるさい。おい、こいつにさるぐつわをしろ」

それも用意されていた。仲間は脱獄囚の口を、タオルでおおう。脱獄囚は意味のとれないうめき声をもらしたが、それがもはや通じないとわかって、悲しげな顔つきになった。

「さて、仕事にかかるか。おい、金はどこだ」

「はい。現金はとなりの部屋の引出しのなか。どうぞお持ちになって、早いとこお帰り下さい」

亭主の答えに、妻も口をそえた。

「それから、あの箱には真珠のブローチがありますわ。もっとも、たいしたものではありませんけど。あと、そのへんにあるお気に召した品は、なんでもお持ち下さい。それを持って、早く出ていって下さい」

「うむ。いやに協力的だな。それは、いただいてゆくことにしよう。しかし、どうもようすがおかしい。なにか、いいものがあるにちがいない。ゆっくり、さがしてみることにしよう。強盗にとって、金目のものをさがす時ぐらい、スリルと期待にみちた瞬間はない」

と、彼は首をかしげた時、仲間のひとりが声をあげた。

「兄貴。これですよ。この料理と酒。ひと仕事する前に、たいらげましょう」

「うむ。ステーキと酒か。しかも、いい酒じゃないか」

そばの棚からブランデー・グラスがとり出され、それぞれにつがれた。子分のひとりは、ナイフでステーキを刻んだ。

「では、乾杯といこう。前祝いだ」

しばられている三人は、それぞれの意味で、絶望的だった。亭主と妻は事態の進行を、もはや防げないと充分に知った。脱獄囚との応対で気力を使いきってしまったのだ。そばにだらしなくしばられている、この脱獄囚との応対で。

侵入者の三人組はフォークをステーキにつきさし、グラスをあわせた。

「すべての順調を祈って……」

しかし、その瞬間。その動きが止まった。

部屋のなかに、ベルの音が響きわたったのだ。それは、すみの電話機からだった。

指揮者の男ははっと緊張したが、あわてずに聞いた。

「電話だな。どこからか、かかってくる予定はあるのか」

夫婦はそれぞれ首を横に振った。どこからだっていい。もうなにが起ろうと、どうでもいいのだ。

「そうか。では、ほっておこう。しばらくほっておけば、留守だと思ってあきらめるだろう」

電話のベルは単調な音でしばらく鳴っていたが、やがてそれも鳴りやんだ。

「どうも留守のようです。いくら呼んでも出ません」

警察のなかで、警官のひとりは報告した。それを聞いて、上役は少しほっとした。

「それはよかった。では、すぐ現場に行ってくれ」

そして、そばの椅子にうなだれている男に言った。

「まったく、おまえは、とんでもないやつだ。おかかえ運転手をくびになったからといって、雇い主夫妻を殺そうとたくらむなんて。しかも、その方法として、時限装置で青酸ガス発生器を作り、商品見本をよそおって、宅配便で送るとは、たちが悪い。自首した点はみとめるが、電話以外にまにあわない時間になってからとはな。しかし、留守でよかった。留守でなかったら、いまごろ、あの家にいる者は虫一匹まで死んでいる。おまえも、それだけ罪が重くなるところだった。おまえは悪人のうちでも運のいいほうだぜ」

解説

各務《かがみ》三郎

若者が鍵をひろった。異国的な彫刻がほどこされた銀いろの美しい鍵。若者の想像がふくらみはじめる——これに合う鍵穴のむこうにはすばらしい人生がひろがっているかもしれない。

だが、いくら歩きまわっても開く扉はなかった。錠前屋や博物館でたずねてみても、何に使う鍵だかわからない。美しい鍵に魅入られた若者はとぼしい金をはたいては旅に出た。ときには外国まで足をのばすこともあった。それでも合う鍵穴の扉は発見できなかった。

希望と絶望にさいなまれながら若者はしだいに年をとってゆく。肉体と精神の疲れは、やがて静かなあきらめの気持を生んだ。人生の良き伴侶《はんりょ》だったと思うようにもなった。

思いたって彼は錠前屋をたずねる。

「この鍵に合う錠を作ってもらえないだろうか。自分の部屋のドアにとりつけたいのだ」

錠ができあがった。彼はひとり部屋にこもって鍵をまわす。長い人生に望みつづけてきたかすかな響き――その夜、彼はやすらかな眠りについた。

夜がふけたころ、彼は扉の開く音に目を覚ました。暗闇にやさしい声がきこえる。

「あたしは幸運の女神。あの鍵は、あたしがわざと落しておいたの。……やっとドアを作っていただけたのね。……」

なぜ、もっと早くこなかったのか、という彼にこたえて、幸運を与える儀式は秘密におこなわれなければなりません、という。

「さあ、望みをかなえてさしあげるわ」

やがて闇に横たわる老人の声。

「なにもいらない。いまのわたしに必要なのは思い出だけだ。それは持っている」

＊

星新一の代表作のショートショート『鍵』のストーリーである。当時、海外ミステリの専門誌「ミステリ・マガジン」の編集長だった常盤《ときわ》新平氏から『鍵』の原稿をわたされ、割付けしながら読みおわったとき、うなってしまった。

良い作品に出会ったときの読後感は短い。「いいだろう？」とうながされても、「いいですねえ！」とばかみたいにオウム返しをするだけ。その月はショートショート特集号で、ロアルド・ダールの『廃墟にて』、バッド・シュールバーグの『脚光』、アーサー・ポージスの『1ドル98セント』など英米作家の十三作品を〈小悪魔が一ダース〉とうたって掲載の予定でいた。しかも、星さんの原稿は依頼したものではなかった。たぶん、雑誌と常盤氏にたいする好意のあらわれだったのだろう。シックな作家だな、と思った。

もちろん『鍵』の評判はよかった。編集者にとって、掲載作品がほめられるのはなによりの報酬である。翻訳雑誌の編集者としては、海外の単行本や雑誌から選び抜いて掲載した作品をほめられるのは自分の鑑識眼をほめられた気がしてはげみになるものだが、『鍵』の場合、純粋な読者として、良い作品に出会ったよろこびの気持が強かった。ヴィンテージもののワインを飲んだ感じに似ていた。編集後記に「短く読み終え、長く心を潤す美しいショートショート」と書いたのは、だれのワイン讃歌だったか、〈ワインは魂にうるおいを与え、悲しみをなだめ、やさしい感情を喚び覚ます〉のもじりにすぎなかった。

＊

「いつのころだれが言い出したのか知らないが、小説とは人間を描くものだそうである。奇をてらうのが好きな私も、この点は同感である。評判のいい小説を読むと、なるほどそのとおりである。しかし、ここにひとつの疑問がある。人間と人物とは必ずしも同義語でない。人物をリアルに描写し人間性を探究するのもひとつの方法だろうが、唯一《ゆいいつ》ではないはずだ。ストーリーそのものによっても人間性のある面を浮き彫りにできるはずだ。こう考えたのが私の出発点である。

もっとも、これはべつに独創的なことではない。アメリカの短編ミステリーは大部分このタイプである。人物を不特定の個人とし、その描写よりも物語の構成に重点がおかれている。そして人間とはかくも妙な事件を起しかねない存在なのか、と読者に感じさせる形である。……」(『きまぐれ博物誌』の「人間の描写」から)

「書く題材について、私はわくを一切もうけていない。だが、みずから課した制約がいくつかある。その第一、性行為と殺人シーンの描写をしない。希少価値を狙《ねら》っているだけで、べつに道徳的な主張からではない。もっとひどい人類絶滅など、何度となく書いた。

第二、なぜ気が進まないのか自分でもわからないが、時事風俗を扱わない。外国の短編の影響でもあろうか。第三、前衛的な手法を使わない。ピカソ流の画も悪くは

ないが、怪物の写生にはむかないのではないだろうか。……」(『きまぐれ星のメモ』の「創作の経路」から)

＊

こうした覚悟のうえに星新一の世界は成立している。明るくペシミスティックな人生観察者が創りだすさまざまな人生、くわえて磨かれた化石のように美しいさりげない文章。

星はひたすら物語る。『友を失った夜』は、地球上から最後の象が死んでゆく夜のおばあさんと坊やの会話。『むだな時間』では、TVコマーシャル消し器の発明者が吐く臨終のきわの短いことば。『症状』は、退屈な日常生活をそっくり再現する夢からのがれようとあせるサラリーマンの嘆き。

やがて吟遊詩人は口をつぐみ、一礼して去る。だが、その物語は村人の心のなかに納まりきってはいない。ある日、彼らの心に、たとえば『友を失った夜』物語が目覚め、ややちがったニュアンスでふたたび語りだす。

＊

星新一の世界はハードボイルド派のロス・マクドナルドの世界に似ている。ロス・マクドナルドは、負い目をいだいて生きつづける者たちを理解し、心を寄せる。ハメットやチャンドラーと決定的にちがっているのは、ストイシズムだとかユニークな生活信条の持主を主人公にしている点ではない。人生を許容する目を主人公リュウ・アーチャーに与えている点にある。

数年前「ハードボイルドな星新一」という短文を書いたことがある。ハードボイルドの精神とは、抒情するために叙事しなければならなかった悔しい男の優しさにあると考えていたわたしは、直観で星新一と結びつけた。

しかし考えれば考えるほど、星新一とハードボイルド作家たちとは遠ざかった。ハードボイルド派の作家たちは大戦争に参加していて、どこか作品に硝煙の臭いがするが、星にはそれがないとか、ハードボイルド派の物語の無骨さは星にはないとか、星の文体は色を帯びるのを拒否しているなどと挙げながら、ツー・テン・ジャックの全マイナスがプラスに変ることを期待したのだった。無惨に失敗したが、どこかでつながっているはずだという考えを捨てきれなかった。

といっても、だからどうなんだ？　ときかれても困る。ロス・マクドナルドが好きで、星新一が好きだから、どこかに共通するところがあってほしいという感情を充足させられればうれしい。ただ、それだけのことで、どちらがすぐれているかは、好きずきの問題にすぎない。発見はどんなにくだらないことでも、発見者の心を明るませるものだ。

＊

『転機』を読んだときのおかしさはまたかくべつである。宇宙人に誘拐される主人公のぼやきと決意を吐露するくだりにくると万歳三唱の気分になってくる。『賢明な女性たち』も男性的な笑いがうかんでくる。

星ファンタジアは、その世界がわたしたちの生活から遠ざかるごとに美しいエピグラムの光芒《こうぼう》を冴《さ》えわたらせる。

これは、彼のミステリー・ショートショートが、ややもすればシシ食った報いふうのパターンに流れがちなのと好対照である。『老後の仕事』『目撃者』がその例だが、みごとにすり抜けた作品に『報酬』『すばらしい食事』がある。とくに『すばらしい食事』は、一粒のカラシ種のごとき信仰、いや犯罪を、しだいにヒステリカルにファンタスティカルに発展させてゆく手腕がみごと。星ワインの放つ貴重な芳香《ブーケ》の源ともみなすことができる。

最近では、クライム・ストーリーの範疇《はんちゅう》に属する〝奇妙な味〟の作品に佳作がみられる。『ごたごた気流』では『門のある家』がそうだ。人と家との価値が逆転しているのを主人公はきちんと得心している。読む者は現在と過去のあいだのトポロジー的空間に投げこまれたような気がする不思議な作品である。『夜のかくれんぼ』中の『自信』は、見知らぬ他人にアパートの部屋を占領され「おれはおまえだ」と宣言されてしまう男が主人公。ついに納得ずくで追いだされたのだが、誰でもなくなってしまった自分にふしぎな安堵をおぼえる。

これらの作品はストーリー自体に妙なすごみと迫力があり、星宇宙が形成されつつあるしるしを見る気持がする。

星新一の作品は、ヴィンテージもののワインだと書いた。だが、味わうのは選びだした読者である。〈植物の生長に水が必要なように、ワインは魂の成長に不可欠なもの〉そして主料理はもちろんわたしたちの哀歓に満ちた人生なのである。

（昭和四十九年九月、評論家）

この作品集は昭和三十七年七月新潮社より刊行された。

星新一著　ボッコちゃん

ユニークな発想、スマートなユーモア、シャープな諷刺にあふれる小宇宙！　日本ＳＦのパイオニアの自選ショート・ショート50編。

星新一著　ようこそ地球さん

人類の未来に待ちぶせる悲喜劇を、卓抜な着想で描いたショート・ショート42編。現代メカニズムの清涼剤ともいうべき大人の寓話。

星新一著　気まぐれ指数

ビックリ箱作りのアイディアマン、黒田一郎の企てた奇想天外な完全犯罪とは？　傑出したギャグと警句をもりこんだ長編コメディー。

星新一著　ほら男爵現代の冒険

〝ほら男爵〟の異名を祖先にもつミュンヒハウゼン男爵の冒険。懐かしい童話の世界に、現代人の夢と願望を託した楽しい現代の寓話。

星新一著　悪魔のいる天国

ふとした気まぐれで人間を残酷な運命に突きおとす〝悪魔〟の存在を、卓抜なアイディアと透明な文体で描き出すショート・ショート集。

星新一著　おのぞみの結末

超現代にあっても、退屈な日々にあきたりず、次々と新しい冒険を求める人間……。その滑稽で愛すべき姿をスマートに描き出す11編。

星新一著

ブランコのむこうで

ある日学校の帰り道、もうひとりのぼくに会った。鏡のむこうから出てきたようなぼくとそっくりの顔！　少年の愉快で不思議な冒険。

星新一著

人民は弱し　官吏は強し

明治末、合理精神を学んでアメリカから帰った星一（はじめ）は製薬会社を興した――官僚組織と闘い敗れた父の姿を愛情こめて描く。

星新一著

明治・父・アメリカ

夢を抱き野心に燃えて、単身アメリカに渡り、貪欲に異国の新しい文明を吸収して星製薬を創業――父一の、若き日の記録。感動の評伝。

星新一著

おせっかいな神々

神さまはおせっかい！　金もうけの夢を叶えてくれた〝笑い顔の神〟の正体は？　スマートなユーモアあふれるショート・ショート集。

星新一著

にぎやかな部屋

詐欺師、強盗、人間にとりついた霊魂たち――人間界と別次元が交錯する軽妙なコメディー。現代の人間の本質をあぶりだす異色作。

星新一著

ひとにぎりの未来

脳波を調べ、食べたい料理を作る自動調理機、眠っている間に会社に着く人間用コンテナなど、未来社会をのぞくショート・ショート集。

星新一著

だれかさんの悪夢

ああもしたい、こうもしたい。はてしなく広がる人間の夢だが……。欲望多き人間たちをユーモラスに描く傑作ショート・ショート集。

星新一著

未来いそっぷ

時代が変れば、話も変る！　語りつがれてきた寓話も、星新一の手にかかるとこんなお話に……。楽しい笑いで別世界へ案内する33編。

星新一著

さまざまな迷路

迷路のように入り組んだ人間生活のさまざまな世界を32のチャンネルに写し出し、文明社会を痛撃する傑作ショート・ショート。

星新一著

かぼちゃの馬車

めまぐるしく移り変る現代社会の裏の裏のからくりを、寓話の世界に仮託して、鋭い風刺と溢れるユーモアで描くショートショート。

星新一著

エヌ氏の遊園地

卓抜なアイデアと奇想天外なユーモアで、夢想と現実の交錯する超現実の不思議な世界にあなたを招待する31編のショートショート。

星新一著

盗賊会社

表題作をはじめ、斬新かつ奇抜なアイデアで現代管理社会を鋭く、しかもユーモラスに風刺する36編のショートショートを収録する。

星新一著

ノックの音が

サスペンスからコメディーまで、「ノックの音」から始まる様々な事件。意外性あふれるアイデアで描くショートショート15編を収録。

星新一著

夜のかくれんぼ

信じられないほど、異常な事が次から次へと起こるこの世の中。ひと足さきに奇妙な体験をしてみませんか。ショートショート28編。

星新一著

おみそれ社会

二号は一見本妻風、模範警官がギャング……。ひと皮むくと、なにがでてくるかわからない複雑な現代社会を鋭く描く表題作など全11編。

星新一著

たくさんのタブー

幽霊にささやかれ自分が自分でなくなってあの世とこの世がつながった。日常生活の背後にひそむ異次元に誘うショートショート20編。

星新一著

なりそこない王子

おとぎ話の主人公総出演の表題作をはじめ、現実と非現実のはざまの世界でくりひろげられる不思議なショートショート12編を収録。

星新一著

どこかの事件

他人に信じてもらえない不思議な事件はいつもどこかで起きている――日常を超えた非現実的現実世界を描いたショートショート21編。

新潮文庫最新刊

田中慎弥著
図書準備室
なぜ30歳を過ぎても働かず、母の金で酒を飲むのか。ニートと嘲られる男の不敵な弁明が常識を揺るがす、気鋭の小説家の出発点。

庄司　薫著
さよなら快傑黒頭巾
兄の友人の結婚式に招かれた薫くんを待っていた、次なる〃闘い〃とは――。青年の葛藤と試練、人生の哀切を描く、不朽の名作。

酒井順子著
女流阿房列車
東京メトロ全線を一日で完乗、鈍行列車に24時間、東海道五十三回乗り継ぎ……鉄道の楽しさが無限に広がる、新しい旅のご提案。

垣添忠生著
妻を看取る日
―国立がんセンター名誉総長の喪失と再生の記録―
専門医でありながら最愛の妻をがんから救えなかった無力感と喪失感から陥った絶望の淵。人生の底から医師はいかに立ち直ったか。

斎藤　学著
家族依存のパラドクス
―オープン・カウンセリングの現場から―
悩みは黙って貯めておくと、重くなる――。「公開の場」における患者と精神科医の問答を通し、明らかになる意外な対処法とは。

芦崎　治著
ネトゲ廃人
「私が眠ると、みんな死んじゃう」リアルを失い、日夜ネットゲームにのめり込む人々の驚くべき素顔を描く話題のノンフィクション。

ボンボンと悪夢《あくむ》

新潮文庫　ほ-4-5

昭和四十九年十月三十日　発行
平成二十四年五月十五日　六十一刷改版

著者　星《ほし》　新《しん》一《いち》

発行者　佐藤隆信

発行所　株式会社　新潮社

郵便番号　一六二―八七一一
東京都新宿区矢来町七一
電話　編集部(〇三)三二六六―五四四〇
読者係(〇三)三二六六―五一一一
http://www.shinchosha.co.jp

価格はカバーに表示してあります。

乱丁・落丁本は、ご面倒ですが小社読者係宛ご送付ください。送料小社負担にてお取替えいたします。

印刷・株式会社光邦　製本・株式会社植木製本所

ISBN978-4-10-109805-0 C0193